MORTADELO

Especial OLIMPIADAS 2024

BRUGUERA

Papel certificado por el Forest Stewardship Council®

MIXTO
Papel | Apoyando la silvicultura responsable
FSC® C117695

Penguin Random House Grupo Editorial

Primera edición: mayo de 2024
Cuarta reimpresión: abril de 2025

Printed in Spain – Impreso en España

ISBN: 978-84-02-42971-1
Depósito legal: B-4.484-2024

Realizado por Juan Carlos Ramis
Maquetado por Rubén Larrea

Impreso en Talleres Gráficos Soler
Esplugues de Llobregat (Barcelona)

BG29711

13 ¿DE CUÁNTAS PRUEBAS SE COMPONE EL DECATLÓN?
1- 10 pruebas
2- 10 carreras y 10 combates
3- 5 carreras

14 ¿A QUÉ DISCIPLINA PERTENECE LA MODALIDAD DE BARRAS PARALELAS?
1- Gimnasia masculina
2- Como dice la palabra, es una prueba para lelas, osea, para personas bobas
3- Taekwondo

15 ¿QUIÉN RECIBE LA MEDALLA TRAS GANAR UNA PRUEBA DE HÍPICA?
1- El jinete 2- El caballo
3- Hay una medalla para cada uno

16 ¿CUÁL ES EL MATERIAL DE LA PISTA DE ATLETISMO?
1- Cemento 2- Tartán
3- Goma encerada

17 ¿A QUÉ DEPORTE PERTENECE LA PRUEBA DE "MARIPOSA"?
1- Esgrima por parejas
2- Natación
3- Gimnasia rítmica

18 ¿EN QUÉ PRUEBA DESTACÓ EL LEGENDARIO USAIN BOLT?
1- En dar "bolteretas"
2- 100 metros lisos
3- Lanzamiento de peso

19 ¿CÓMO SE LLAMA EL LUGAR EN EL ESTADIO DONDE PRENDE LA LLAMA OLÍMPICA?
1- Hornamento
2- Antorchímetro
3- Pebetero

20 CUANDO EN UNA CARRERA DE VELOCIDAD CUESTA SABER QUIÉN FUE GANADOR SE UTILIZA...
1- El "ojo de halcón."
2- La "Lupa de Manué".
3- La "photo finish".

21 ¿EN CUÁL DE ESTOS DEPORTES NO EXISTE CONTACTO ENTRE RIVALES?
1- Hockey sobre hierba
2- Tenis
3- Lucha libre

22 ¿QUÉ CONTINENTE CUENTA CON LOS MEJORES CORREDORES DE LARGA DISTANCIA?
1- Australia 2- Europa
3- África

23 ¿CON QUÉ PERIODICIDAD SE CELEBRAN LOS JUEGOS?
1- Cada dos años
2- Cada cuatro años
3- Cuando apetece

24 ¿QUÉ GRAN CIUDAD NO HA ORGANIZADO AÚN UNOS JUEGOS OLÍMPICOS?
1- Londres 2- Roma
3- Buenos Aires

RESULTADO

1-3	2-2	3-2	4-2	5-1	6-3
7-2	8-3	9-2	10-3	11-2	12-2
13-1	14-1	15-1	16-2	17-2	18-2
19-3	20-1	21-2	22-3	23-2	24-3

ANÓTATE 1 PUNTO POR CADA RESPUESTA ACERTADA.

DE 0 A 5 PUNTOS: Aunque prefieras estudiar, está claro que también hay que estar al día en el mundo del deporte. ¡Dale un empujón a ese cuerpo y empóllate este álbum a ver si te vuelves un experto en olimpismo!

DE 6 A 14 PUNTOS: Muy mal. ¿Es que no ves la tele? ¿No tienes videojuegos de deportes? ¿Acaso eres como Mortadelo y no te enteras de nada? ¡Suspendido!

DE 15 A 20 PUNTOS: No está mal. Te has ganado una medalla de corcho con denominación de origen "Borricón".

DE 21 A 24 PUNTOS: ¡Increíble! ¡Lo tuyo es de récord mundial! (Si has utilizado internet para buscar las respuestas recibirás la visita del profesor Bacterio en tu casa, quien te hará un test antidopaje que será un pelín desdagradable, lo advertimos).

II

EL DEPORTE Y LA T.I.A.

LOS AGENTES DE LA T.I.A. VAN A MOSTRAR CÓMO NO HACE FALTA EQUIPARSE CON ROPA DEPORTIVA CARÍSIMA NI APUNTARSE A UN GIMNASIO ELITISTA NI GAITAS. ¡PUEDE UNO HACER EJERCICIO DURANTE SU QUEHACER DIARIO!

OLÍMPICOS

¿LA **LUCHA LIBRE**? ¡BUAH! ES SIN DUDA UNA DE LAS ESPECIALIDADES MÁS EMPLEADAS PARA MACHACAR AL DELINCUENTE.

ALGUNAS DISCIPLINAS COMO EL **SALTO DE ALTURA** ES PRACTICADO POR MORTADELO MUY A SU PESAR CUANDO EL SÚPER LE ENCOMIENDA PINTAR LOS TECHOS DE LAS OFICINAS DE LA T.I.A.

PARA QUE VEAN QUE MORTADELO PRACTICA HABITUALMENTE EL **LEVANTAMIENTO DE PESO**. ESO DE PAGAR PARA IR A UN GIMNASIO NO VA CON ÉL.

A DIARIO (1)

LA PRUEBA DE **TIRO** ES DE LAS MÁS PRACTICADAS. EN MUCHAS OCASIONES, INCLUSO SIN ARMA DE FUEGO.

EN LOS JUEGOS OLÍMPICOS TIENEN UN PAPEL DESTACADO LOS DEPORTES NAÚTICOS. EN LOS DÍAS LLUVIOSOS, MORTADELO SUELE PRACTICAR EL "**PARAGÜISMO**".

TAMPOCO PODIÁN FALTAR PRUEBAS ATLÉTICAS COMO EL **LANZAMIENTO DE DISCO**.

ESO DE AGARRAR UN **REMO** Y LIARSE A CHAPOTEAR ES ALGO TAMBIÉN HABITUAL.

MÁS pruebas

Lanzamiento de albóndigas
(Ofelia)

100 milímetros lisos y cuesta abajo
(Mortadelo)

Salto con pértiga a la litera para echar una siesta
(Filemón)

Lanzamiento de gritos
(El Súper)

Caída libre por el hueco del ascensor
(Rompetechos)

OLÍMPICOS

EN LA T.I.A. DOMINAMOS TODO TIPO DE **PRUEBAS ACUÁTICAS**. SI NO, QUE LE PREGUNTEN A FILEMÓN, TODO UN ESPECIALISTA.

Aquí le tienen usando el traje de "hombre rana" que le fabricó el profesor Bacterio.

EXISTE EL LEVANTAMIENTO DE PESO, PERO TAMBIÉN EL **LANZAMIENTO DE PESO**. SIN DUDA, UNA ACTIVIDAD ATLÉTICA MUY DESAGRADABLE.

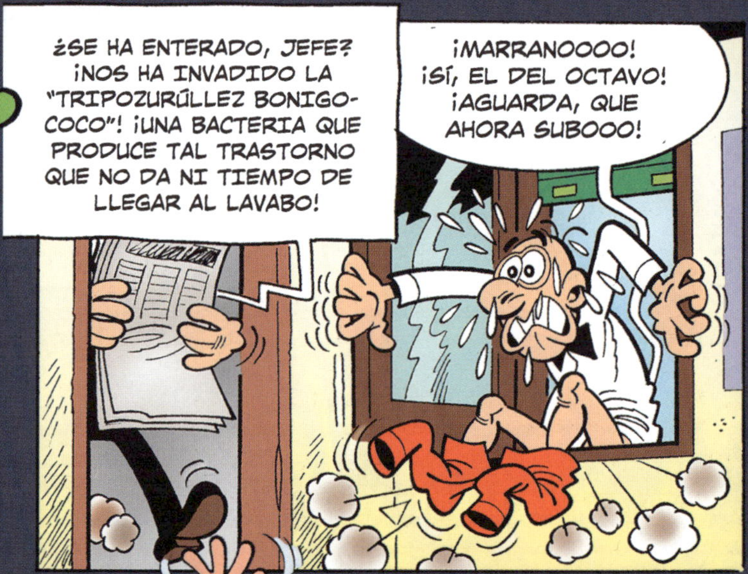

EL **FÚTBOL** ES OTRO DE LOS DEPORTES OLÍMPICOS MÁS POPULARES. VICENTE ES UN GRAN FOROFO Y SUELE PEGAR MÁS DE UN CHUT. ESO SÍ, COMO YA NO ESTÁ EN FORMA, RECURRE A LA TECNOLOGÍA.

¿SABÍAS QUE...?

A pesar de que M y F pueden recorrer miles de km (por ejemplo, de Rusia a Borricón de Arriba) en una sola viñeta, el comité olímpico nunca ha querido homologar esos récords.

OTRA COSA QUE PRACTICAN NUESTROS AGENTES ES EL **ENTRENAMIENTO**. BUENO, SIEMPRE QUE ENTENDAMOS QUE SE TRATA DE "LANZARSE AL TREN" CUANDO NO TIENEN DINERO PARA COMPRAR UN BILLETE.

¿**TENIS**? GOLPEAR CON UNA RAQUETA ES UNA ESPECIALIDAD DE FILEMÓN.

A DIARIO (2)

¿**TIRO AL PLATO**? BUENO... OFELIA PRACTICA UNA MODALIDAD SIMILAR, AUNQUE EN SU CASO, NO TIRA AL PLATO, SINO QUE SE LO COME.

ESO DE IR A TODA PASTILLA PORTANDO UN PALO MUY LARGO SE LLAMA **SALTO CON PÉRTIGA**. BUENO, EL SÚPER LO PRACTICA A SU MANERA.

¡Sabíamos que le gustan todos los platos, pero no hasta ese punto!

MORTADELO SE SUELE PONER MORADO DE COMER NATA. ES LO QUE ÉL CONSIDERA PRACTICAR **NATACIÓN**.

LA **ESGRIMA** ES OTRA PRUEBA OLÍMPICA. A MENUDO PRACTICAMOS CON LA ESPADA, DADO QUE EL PRESUPUESTO NO LLEGA PARA COMPRAR MUNICIÓN PARA LAS PISTOLAS.

SI MORTADELO SE DISFRAZA DE CAMARERO PUEDE PRACTICAR EL **BALONCESTO** Y HACER UNA DEJADA EN BANDEJA.

OLÍMPICOS

EN LAS PRUEBAS DE SALTO DE TRAMPOLÍN ES EL NADADOR QUIEN SE LANZA AL AGUA, PERO FILEMÓN LO HACE AL REVÉS: LANZA EL AGUA SOBRE ÉL. ES SU MANERA DE DUCHARSE CUANDO NO DISPONE DE TIEMPO.

HAY AGENTES QUE DOMINAN LAS PRUEBAS ATLÉTICAS DE MEDIO FONDO.

OTROS, MÁS ALTOS, PODRÍAN JUGAR AL BALONCESTO POR SU FÍSICO, PERO ACABAN SIENDO INEPTOS POR SU "PSÍQUICO".

NO HACE FALTA JUGAR A BALONCESTO PARA QUE ALGUNO DE NUESTROS AGENTES SEPA LO QUE SIGNIFICA UN TIEMPO MUERTO.

OFELIA ES TODA UNA ESPECIALISTA EN LA MODALIDAD DE HOCKEY. MANEJANDO EL "STICK" Y DÁNDOLE A LA BOLA ES UNA CAMPEONA CAPAZ DE DESTROZAR A SUS RIVALES.

MORTADELO ES UN AUTÉNTICO ESPECIALISTA EN CUALQUIER TIPO DE PRUEBA CONTRARRELOJ. ESPECIALMENTE SI DUERME.

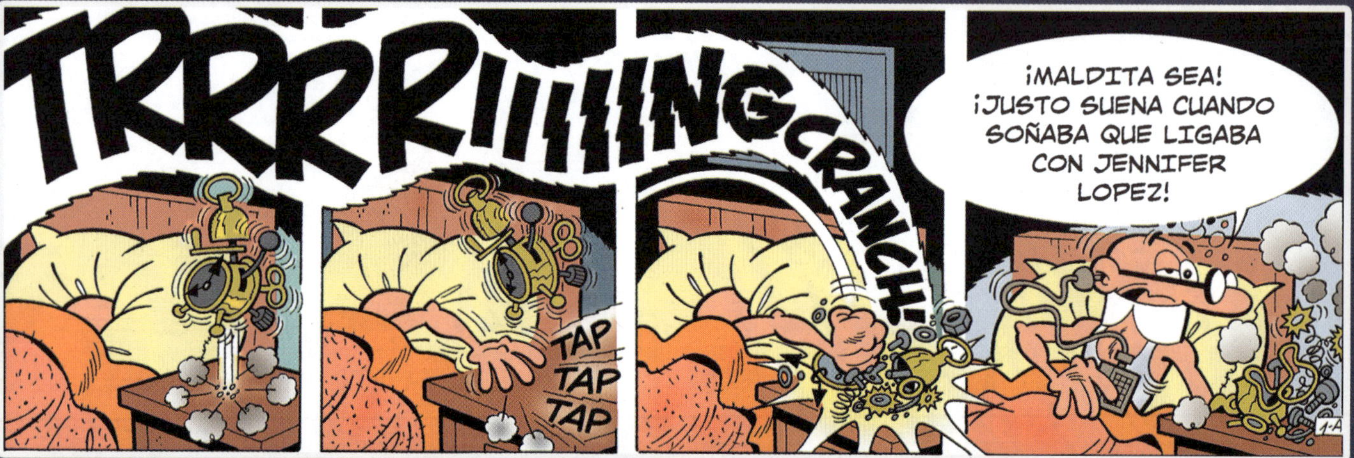

A DIARIO (3)

SIMILAR A LA **HÍPICA** OLÍMPICA ES LA EQUITACIÓN. BUENO, NOSOTROS PRACTICAMOS LA "QUITACIÓN", QUE ES QUITARLE EL BORRICO A UN LABRIEGO PARA USARLO COMO VEHÍCULO DE PERSECUCIÓN.

¿**GIMNASIA**? ¡BUAH! LOS SALTOS Y PIRUETAS MÁS INVEROSÍMILES SON PRACTICADOS POR NUESTROS AGENTES CUANDO ACABAN ELECTROCUTADOS TRAS UN ACCIDENTE. ¡UNA PASADA, OIGAN!

RESUMIENDO, QUE NO HACE FALTA IRSE A PARÍS PARA CONVERTIRSE EN UN VERDADERO ATLETA DE LOS **JUEGOS OLÍMPICOS**.

EL **LANZAMIENTO DE MARTILLO** LO PRACTICA MORTADELO CUANDO ACABA EN PRISIÓN. YA SABEN QUE SE TRATA DE UNA PESADA BOLA METÁLICA CON UNA CADENA ATADA.

PERO EXISTE UNA VARIANTE MUCHO MÁS ESPECTACULAR QUE EL AGENTE PRACTICA CUANDO ESTÁ DE MAL HUMOR.

El DEPORTE

COMENZAMOS CON LOS DEPORTES ACUÁTICOS. ¡LA T.I.A. DEBE TANTO DINERO QUE EN LA PISCINA LES CORTARON EL AGUA! ¡PROBLEMÓN PARA LOS NADADORES!

NO HAY NI DINERO PARA BAÑADORES. O EL NADADOR NADA EN CUEROS O TIENE QUE ACABAR HACIENDO EL RIDÍCULO.

ROMPETECHOS ES UN CASO APARTE. PARA ÉL EL PROBLEMA ES ENCONTRAR LA PISCINA.

EL POBRE ROMPETECHOS LLEVA MÁS DE 50 AÑOS CON LOS AGENTES DE LA T.I.A. Y NUNCA HA LOGRADO BAÑARSE EN UNA PISCINA. ¡ES QUE NO DA NI UNA!

LA ESPECTACULAR MODALIDAD OLÍMPICA DE LOS SALTOS DE TRAMPOLÍN ES UNA DE LAS FAVORITAS DE OFELIA. LÁSTIMA QUE, TRAS LANZARSE A LA PISCINA, LA DEJA SIN AGUA.

ESTE ES EL MODELO DE TRAMPOLÍN PORTÁTIL QUE SE SUELE EMPLEAR EN LA T.I.A.

¿SABÍAS QUE...?

El agente Lucas Chofs fue el inventor del auténtico y genuino "salto mortal". Lo logró en el preciso instante en que la palmó.

en la T.I.A.

ALGO OBVIO PUEDE SER MUY PELIGROSO SI UN AGENTE DE LA T.I.A. DECIDE DARSE UN CHAPUZÓN EN ALGUNA DE SUS INSTALACIONES.

SECRETO A TOPE T.I.A.

DUDA
Si en la piscina hay que usar gorro para no llenar el agua de pelos, ¿por qué los barbudos no se cubren la barba?

COMPORTAMIENTO EN LA PISCINA

¡ASEGÚRATE DE QUE LA PISCINA CONTIENE AGUA!

SI OBSERVAMOS QUE OFELIA SE DISPONE A SALTAR A LA PISCINA HACIENDO EL SALTO ESTILO "BOMBA" HUIREMOS RÁPIDAMENTE.

SI VES QUE SALEN MUCHAS BURBUJAS DETRÁS DE UN BAÑISTA, QUE NO TE ENGAÑE AL DECIRTE QUE LA PISCINA DISPONE DE JACUZZI. GRÍTALE: "¡GUARRO!".

PARA EVITAR EL TEMIDO CORTE DE DIGESTIÓN, NO NOS BAÑAREMOS EN UNA PISCINA QUE CONTENGA CUCHILLOS, HACHAS O CRISTALES.

AUNQUE SE LLAME PISCINA, NI SE TE OCURRA HACER PIS EN EL AGUA.

SI LOGRAS CAMINAR SOBRE LA PISCINA, UNA DE DOS: O ERES JESUCRISTO O BIEN ESTÁ A TOPE DE GENTE Y VAS PISANDO SUS CABEZAS.

EL SALTO DE TRAMPOLÍN ES MUCHO MÁS COMPLICADO DE LO QUE PARECE. EVITA IMPACTAR ASÍ O SALDRÁS DEL AGUA MÁS ROJO QUE UNA GAMBA.

PRECAUCIONES AL SALTAR DESDE EL TRAMPOLÍN

ABRÓCHATE BIEN EL BAÑADOR.

ES IMPORTANTE QUE HAYA SUFICIENTE CANTIDAD DE AGUA PARA QUE EL CUERPO SE SUMERJA TOTALMENTE.

HASTA QUE ISAAC NEWTON NO DIGA LO CONTRARIO, SI QUEREMOS CAER EN EL AGUA HAY QUE TIRARSE HACIA ABAJO Y NO HACIA ARRIBA.

YA SEA DESDE EL BORDE DE LA PISCINA O DESDE EL TRAMPOLÍN, EL NIVEL DEL AGUA HA DE ESTAR POR DEBAJO DE NOSOTROS.

El deporte ideal: la NATACIÓN

En 2010 Mortadelo se pasó dos meses nadando tras preguntarle al Súper: "¿Qué hago?" y responder Vicente: "¡Nada!".

NADAR CONSISTE EN METERSE EN EL LÍQUIDO, NO EN METERSE EL LÍQUIDO DENTRO. ¡Y MENOS AÚN SI ES ALCOHOL!

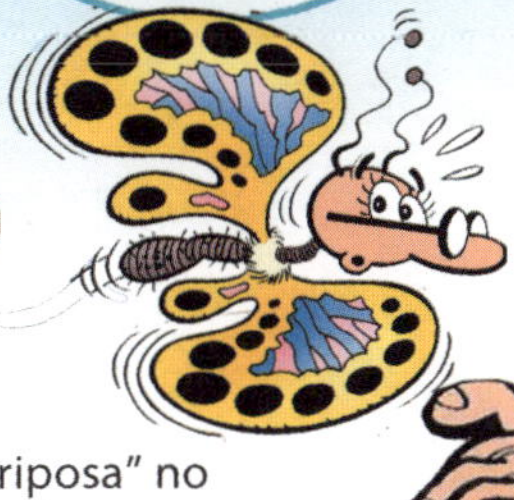

El estilo "mariposa" no se practica de esta forma, lógicamente.

¿Sabías que...? Mortadelo fue bautizado con flotador puesto para no ahogarse en la pila.

MÁS DEPORTE

LA PRUEBA DE MARCHA ES UNA DE LAS MÁS PRACTICADAS. PERO NADA DE 20 KM O 50 KM, ¡QUÉ VA! ESO SON SIMPLES PASEOS PARA NUESTROS AGENTES, ACOSTUMBRADOS A CAMINATAS MUCHO MÁS LARGAS.

EN CUANTO A LOS LANZAMIENTOS DE ATLETISMO, ES UN PROBLEMA ENCONTRAR EL MATERIAL ADECUADO.

EL BALONCESTO ES UN DEPORTE EN EL QUE MORTADELO ES UN ESPECIALISTA. SU GRAN MANEJO DEL BALÓN QUEDA REFLEJADO EN SU FAMOSO "LANZAMIENTO DE DOS", QUE PONE EN PRÁCTICA CUANDO HA DE DEJAR FUERA DE COMBATE A UN PAR DE ENEMIGOS.

¿Sabías que...?

EL EQUIPO DE BALONCESTO DE LA T.I.A. HA SIDO BAUTIZADO COMO EL *"DREAM TEAM"* (EL EQUIPO DEL SUEÑO, PORQUE VERLES EN ACCIÓN ADORMECE A CUALQUIERA).

PLUSMARCAS PERSONALES

VEAMOS UNA PEQUEÑA MUESTRA DE LOS LOGROS DEPORTIVOS MÁS CATASTRÓFICOS DE ALGUNOS DE NUESTROS MIEMBROS

EL SÚPER

Campeón del mundo de gritos y broncas en pista cubierta. Su voz alcanzó más de 4.989 decibelios.

Posee un extraño récord en la prueba de tiro olímpico. Dio en dos dianas a la vez a pesar de que estaban separadas 20 metros entre sí. Desde entonces está prohibido disparar con un cañón de calibre 400.

Campeón de natación en los Juegos de Borricón. A pesar de no saber nadar amenazó al juez diciéndole: "¡Usted no sabe quién soy yo!".

BACTERIO

Campeón de esgrima tras dejar fuera de combate a sus adversarios por envenenamiento. En lugar de espada usaba una jeringuilla gigante.

Igualmente posee una gran marca en la prueba de maratón, que él transformó en "matarón", ya que aniquiló con un gas tóxico a todos los demás corredores para hacerse con la victoria.

Récord mundial (no homologado) de salto de altura tras un control antidopaje. Cuando le hicieron orinar tras una carrera, su orina radiactiva provocó tal explosión que le hizo saltar a más de 800 metros.

en la T.I.A.

PARENTAL ADVISORY CHAPUZAS CONTENT

EN EL FÚTBOL, LOS JUGADORES DE LA T.I.A. ENTRENAN PARA TENER UN BUEN DOMINIO DEL BALÓN. EL CONTROL DEL ESFÉRICO ES FUNDAMENTAL. LO QUE NO LES FUNCIONA BIEN ES EL ESFÉRICO SOBRE LOS HOMBROS.

EN LA PRUEBA DE TIRO OLÍMPICO LA COSA VA DE ACERTAR DISPARANDO A UNA DIANA.

DE TODAS MANERAS, EN ESTO DE DISPARAR, CUANDO LOS AGENTES SE SUELTAN... ¡UF!

EN CUALQUIER DEPORTE LOS JUGADORES DE UN EQUIPO SUELEN LLEVAR ROPA MÁS ELEGANTE PARA SUS DEPLAZAMIENTOS OFICIALES. LOS NUESTROS LLEVAN ROPA DE "MARCA". SÍ, DEL DIARIO DEPORTIVO ESE.

MORTADELO Y FILEMÓN PUEDEN BATIR MARCAS ACUÁTICAS Y DE ATLETISMO DE UNA SOLA TACADA. SOLO ELLOS PUEDEN CRUZAR EL ATLÁNTICO EN MENOS DE 30 SEGUNDOS.

ROMPETECHOS

16 goles en propia puerta en un solo partido jugando con el equipo de fútbol de Borricón.

25 árbitros acabaron K.O. en sus 25 combates como boxeador en la categoría de los pesos pollo.

456 días viviendo solo en una isla del Pacífico como náufrago al extraviarse durante una prueba de piragüismo en Asturias.

7 horas atrapado en la taza de un lavabo tras lanzarse de cabeza pensando que era una piscina.

OFELIA

Primera en el campoeonato de salto de trampolín. Al saltar la primera vació la piscina y nadie más pudo competir después.

Primera mujer en lograr un "triple doble" en un partido de baloncesto con nuestro equipo. Se metió en un Mac Tronalds durante el descanso y se trincó tres menús dobles en un minuto.

Plusmarca de hecatombe tras la prueba de salto en Borricón de Arriba. Al impactar en el suelo lo transformó en Borricón de Abajo.

MÁS DEPORTE

EN CUANTO AL TENIS, EL SÚPER ES UN GRAN AFICIONADO. NO LLEGA AL NIVEL DE DJOKOVIC O DE ALCARAZ, PERO PRACTICA UNA Y OTRA VEZ SUS GOLPES, AUNQUE SIN LA MISMA PRECISIÓN.

NUESTROS AGENTES APROVECHAN CUALQUIER MOMENTO PARA ENTRENAR. POR EJEMPLO, PARA REALIZAR EL SALTO CON PÉRTIGA BASTA UN PALO U OBJETO SIMILAR Y, ¡HALA!

EL FÚTBOL, COMO NO, ES NUESTRO DEPORTE FAVORITO. LA CAMISETA DEL EQUIPO LLEVA EL NOMBRE DEL JUGADOR.

EL CICLISMO ES UNA DE LAS PRUEBAS OLÍMPICAS DONDE MÁS SE NOTA LA FALTA DE RECURSOS ECONÓMICOS. LO SUYO ES UNA ROPA ADECUADA, CON MAILLOT, "CULOTTE", CASCO...Y SOBRE TODO, UNA LIGERA BICICLETA DE CARBONO.

¿SABÍAS QUE...?

Aunque la T.I.A. luche por incluirlo en las pruebas atléticas, el "siesting" sigue sin considerarse deporte.

EL SALTO DE LONGITUD SE BASA EN SALTAR LA MÁXIMA DISTANCIA POSIBLE. LOS AGENTES DE LA T.I.A. SUELEN BATIR RÉCORDS CUANDO OFELIA ESTORNUDA.

LO DEL LANZAMIENTO DE PESO ES UNA PRÁCTICA HABITUAL DEL AGENTE MOSQUEADO. ¡SI ES QUE CUANTO MÁS CABREADOS ESTÁN, MÁS DEPORTE PRACTICAN!

Aquí Filemón se mosqueó con el Súper porque le prometió un ascenso y en realidad se refería a que le destinaría a la oficina del ático.

en la T.I.A.
LA T.I.A. PADECE UNA FUERTE CRISIS ECONÓMICA DESDE SU FUNDACIÓN. AUN ASÍ, LA AFICIÓN DE SUS ATLETAS HACE QUE SE BUSQUEN LA VIDA PARA PRACTICAR DEPORTES OLÍMPICOS COMO LA HALTEROFILIA O LA HÍPICA.
NECESITABA DOS PESOS PARA LA HALTEROFILIA, ¿NO? ¡PUES HALA! ¡LISTO!
NO TE QUEJES... ¡MIRA CÓMO HE DE PRACTICAR LOS SALTOS DE OBSTÁCULOS!
El deporte más practicado por nuestros agentes es el "tiatlón".
EL LANZAMIENTO DE MARTILLO SUELE PRACTICARLO EL SÚPER EN MOMENTOS DE MÁXIMA IRA.
YA SABEN QUE SE TRATA DE UNA BOLA DE METAL QUE SE LANZA SUJETA A UNA CADENA.
EL ESTILO DE VICENTE ES UN PELÍN MÁS AGRESIVO.
YA PUESTOS A AHORRAR EN MATERIAL OLÍMPICO, EL LANZAMIENTO DE DISCO PUEDE PRACTICARSE CON OBJETOS SIMILARES MÁS BARATOS.
¡TRATE DE APUNTAR MEJOR, SO CABESTRO!
¡ÑG!
ÉL TAMBIÉN PADECE LOS RECORTES. HABITUALMENTE DE OREJAS.
EN ESTA IMAGEN PUEDEN VER AL ÚNICO AGENTE QUE PRACTICA EL TIRO CON ARCO...
SITTING CUL, NUESTRO AGENTE SIOUX.
DEPORTES EN EQUIPO COMO EL BALONCESTO REQUIEREN UNA BUENA TÉCNICA. PARA PODER LANZAR CON COMODIDAD, UNO DE LOS JUGADORES DEL EQUIPO REALIZA UN BLOQUEO SOBRE EL JUGADOR RIVAL, DIFICULTANDO SU DEFENSA.
¿ESTÁ BIEN BLOQUEADO ASÍ, DON VICENTE?
RLON RLON RLON RLON
RIS RIS RIS
COMO SE HAN COMPORTADO COMO UNOS CAMPEONES LES VOY A COLGAR UNA MEDALLITA.
¡SUBAN AL PODIO, SUBAN!
Y UNA MENCIÓN FINAL AL AUTOR, QUIEN CADA DÍA PRACTICA EL LEVANTAMIENTO DE LÁPIZ.

HISTORIA DEL DEPORTE

HISTORIA DEL DEPORTE
AL PRINCIPIO DE LOS TIEMPOS, CUANDO DIOS CREÓ LA TIERRA Y TAL, NO HABÍA NINGÚN ANIMALITO QUE JUGARA CON SU PELOTA Y TENÍA QUE APAÑARSE ÉL SOLITO.
CON EL TIEMPO SE CANSÓ DE GANAR, YA QUE ACUMULÓ MÁS DE 456.000 CAMPEONATOS DE FÚTBOL CELESTIAL.
¡ATENCIÓN! ¡RECIBE EL BALÓN VINICIUS, LO CONTROLA, DISPARA DE VOLEA... Y ¡GOOOOOOL!
FINALMENTE SE DECIDIÓ A CREAR AL HOMBRE Y QUISO INCULCARLE LA AFICIÓN DEPORTIVA.
¡BSSBSBSSSSSS! ¿QUIERES LA PELOTITA PARA JUGAR?
DI QUE SÍ, ADÁN. TE SERVIRÁ DE ENTRETENIMIENTO. ¡NO HAY PELIGRO! ¡NO CREO QUE TE OBSESIONES!
EL PARAÍSO
EL FÚTBOL SE CONVIRTIÓ ENTONCES EN EL PRIMER DEPORTE. EL PROBLEMA ES QUE LA PELOTITA ERA POR ENTONCES BASTANTE DURA. LAS BURLAS DE OTROS HUMANOS FUE LO QUE PROVOCÓ EL NACIMIENTO DE NUEVAS ESPECIALIDADES DEPORTIVAS.
¡RUIAAARGH!
¡JUAAAAA! ¡JUA JUA JUA!
SPLATCH!
¡GLONF!
AHÍ FUE CUANDO LA FURIA NEANDERTAL HIZO QUE NACIESE EL BOXEO.
TRAS EL USO DEL BALÓN EMPEZARON A UTILIZARSE OTROS ARTILUGIOS DEPORTIVOS QUE EL ATLETA LLEVARÍA EN SUS MANOS Y QUE MÁS TARDE DARÍAN ORIGEN A PRUEBAS COMO EL BÉISBOL, EL HOCKEY...
¡UNGA! ¡TENER HAMBRE! ¡DARME UN POCO!
O EL TENIS. ESO DEL "SMASH" YA LO INVENTÓ NEMESIO HUG ALLÁ POR EL 80.000 ANTES DE CRISTO.
TROMP!
PERO DADO QUE EL MATERIAL DEPORTIVO ERA MUY TOSCO, EL DEPORTE DEJÓ DE PRACTICARSE DURANTE MILES DE AÑOS.
OBSERVEN CÓMO QUEDÓ VLADIMIRO NGU TRAS UN REMATE DE CABEZA.

PERO FUE EN EL ANTIGUO EGIPTO CUANDO SE REANUDÓ LA PRÁCTICA DEL DEPORTE DE MANERA MASIVA.
VAMOS A VER SI EN CUATRO DÉCADAS PODEMOS ACABAR DE CONSTRUIR EL ESTADIO RAMSÉS METRO-POLITANO.
¡PERO VAYAMOS AL GRANO! ¡HABLEMOS DEL ORIGEN DE LOS JUEGOS!
LOS JUEGOS OLÍMPICOS ACTUALES TIENEN SU ORIGEN EN
LA GRECIA ANTIGUA
PRUEBAS COMO LAS CARRERAS DE CARROS RESULTABAN POR ENTONCES BASTANTE PESADAS Y ABURRIDAS. EL ATLETA IBA ARRASTRANDO UN CARRO QUE DEBÍA DE PESAR MOGOLLÓN Y AL CABO DE 40 METROS MORÍA DESFALLECIDO VIVO.
¡PFARF! ¡PF! ¡AGHPF!
RLONRLONRLONRLC
PERO GRECIA ERA TERRITORIO DE GRANDES PENSADORES, Y UN TAL ARISTÓTELES HÍPICUS TUVO UNA IDEA PARA ANIMAR EL ASUNTO.
¡UN CABALLO, TÍOS! ¡HAY QUE PONER UN CABALLO!
A PESAR DE LA INCLUSIÓN DE LOS EQUINOS, LA COSA SIGUIÓ SIENDO MUY ABURRIDA E INCLUSO MUCHO MÁS PESADA.
¡PFARF! ¡PFFFA! ¡AGHPFFF!
HASTA QUE EL TIPO DE ANTES PERFECCIONÓ LA IDEA Y LLEGÓ A UNA CONCLUSIÓN GENIAL.
¡DELANTE! ¡EL CABALLO HAY QUE PONERLO DELANTE!
PERO NO TODO IBA A SER CORRER, Y COMO POR ENTONCES NO TENÍAN BATALLITAS CONTRA LOS PERSAS IDEARON UNA NUEVA PRUEBA: LA LUCHA.
¡JO! SE RECORDARÁ DURANTE MUCHO TIEMPO EL COMBATE ESTE ENTRE MACGREGOPOULOS Y TOPURIAKIS, ¿EH?
EN LAS RUINAS DE TESALIA SE HAN ENCONTRADO RESTOS DE QUIENES SE SUPONE FUERON LUCHADORES DE LA ÉPOCA. ¡UN TESTIMONIO DE LOS JUEGOS OLÍMPICOS DE LA ANTIGÜEDAD!
BUENO, NO SÉ YO SI DE LA OLIMPIADA DEL 334 O DEL TERREMOTO DEL PELOPONESO... ¡VAYA USTED A SABER!

SEGUIMOS CON LA **HISTORIA**

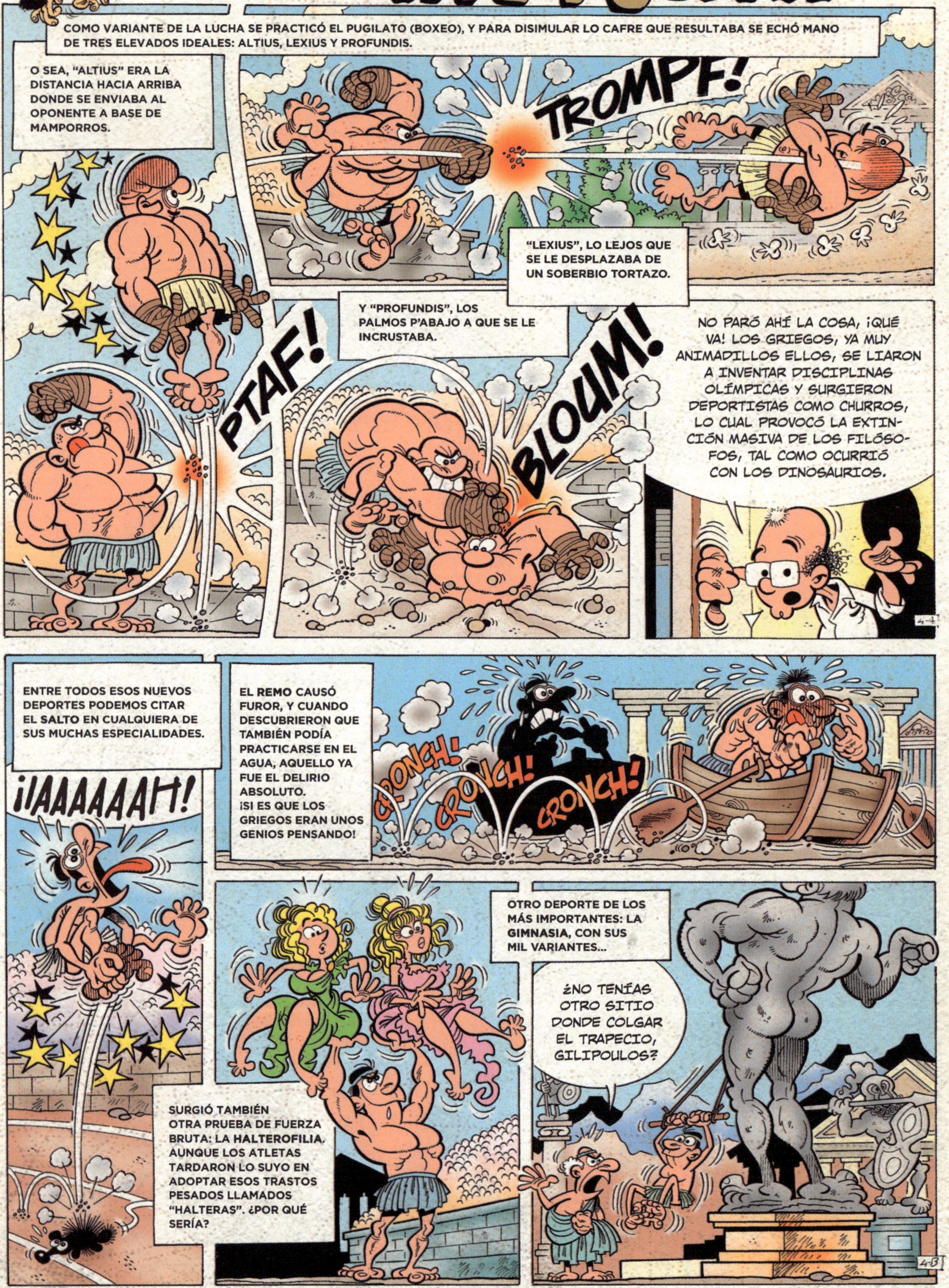

DEL DEPORTE
EL LANZAMIENTO DE DISCO CAUSÓ GRAN ASOMBRO. MUCHOS DE LOS ESPECTADORES QUE ACUDÍAN SE QUEDABAN CON LA BOCA ABIERTA.
ADEMÁS EXISTÍAN LA TIRA DE TIPOS RAROS, ESPECIALISTAS EN DISTINTAS DISCIPLINAS DEPORTIVAS. RECORDEMOS QUE ERA LA ÉPOCA DE LOS SERES MITOLÓGICOS Y ESAS MANDANGAS, Y TIPOS COMO LOS CENTAUROS SOLÍAN SER MUY SUPERIORES EN LAS PRUEBAS DE HÍPICA.
¡HOP! ¡HOP! ¡HOP! ¡HOP!
EN CUANTO A LA NATACIÓN, NADIE LES PASABA LA MANO POR LA CARA A PERSONAJES COMO LAS SIRENAS O SU VERSIÓN MASCULINA, LOS TRITONES, QUE ENCIMA ERAN VIRTUOSOS DE LA CARACOLA.
PABUUUUU PABUUUU
OTRAS CRIATURITAS CON PINTAS UN PELÍN REPULSIVAS ERAN LOS FAUNOS. ESTOS TIPOS BARRÍAN A TODO CRISTO EN LAS PRUEBAS DE ATLETISMO, SOBRE TODO CUANDO LA FAMOSA MARATÓN TERMINABA EN EL MONTE OLIMPO.
YA SE SABE QUE LA CABRA TIRA SIEMPRE AL MONTE.
¡BEEEEE!
EL CÍCLOPE ESTABA DOTADÍSIMO PARA PRUEBAS COMO EL TIRO CON ARCO.
¡CLARO! JUEGA CON VENTAJA. ¡COMO NO LE HACE FALTA CERRAR UN OJO PARA APUNTAR, SE CANSA MENOS!
LA ÚNICA PEGA ERA EL ASUNTO DE LA PRENSA Y LOS MEDIOS DE COMUNICACIÓN. A FALTA DE CÁMARAS, LOS PERIODISTAS TARDABAN LO SUYO EN RETRATAR LOS SUCESOS EN EL JARRÓN DE TURNO. DE AHÍ QUE NO SE BATIERAN MUCHOS RÉCORDS, YA QUE LOS ATLETAS NO PODÍAN MOVERSE A DEMASIADA VELOCIDAD.
¡QUIETOS UN MOMENTO!
¡VALE, TÍO! ¿TERMINAS O QUÉ?
LOS ANTIGUOS GRIEGOS ERAN MUY AFICIONADOS AL VINO Y COMO POR ENTONCES NO EXISTÍAN LOS CONTROLES CONTRA EL DOPAJE... ¡EN LAS CARRERAS SE PERDÍAN!
¡QUE SÍ! ¡PARA LLEGAR A MARATÓN VAMOS BIEN POR AQUÍ! ¡ESTÁ A 1 KILÓMETRO!
¡HIP!
COMPETIR CORRIENDO EBRIOS DIO LUGAR A OTRA PRUEBA OLÍMPICA: LOS 3.000 METROS OBSTÁCULOS.
TROMP!
SPLACK!

TRANQUILOS, QUE ESTA ES LA ÚLTIMA PARTE DE LA HISTORIA

Durante el Imperio romano, allá por el año 30 de nuestra era, destacó un deportista muy hábil con el balón. Se llamaba Poncio Pelotas.

Con el deporte nacieron también las apuestas deportivas. Uno de los más importantes jugadores e inventor de la quiniela fue Atila, que apostaba siempre por el equipo local. Le llamaban el rey de los "unos".

DEL DEPORTE

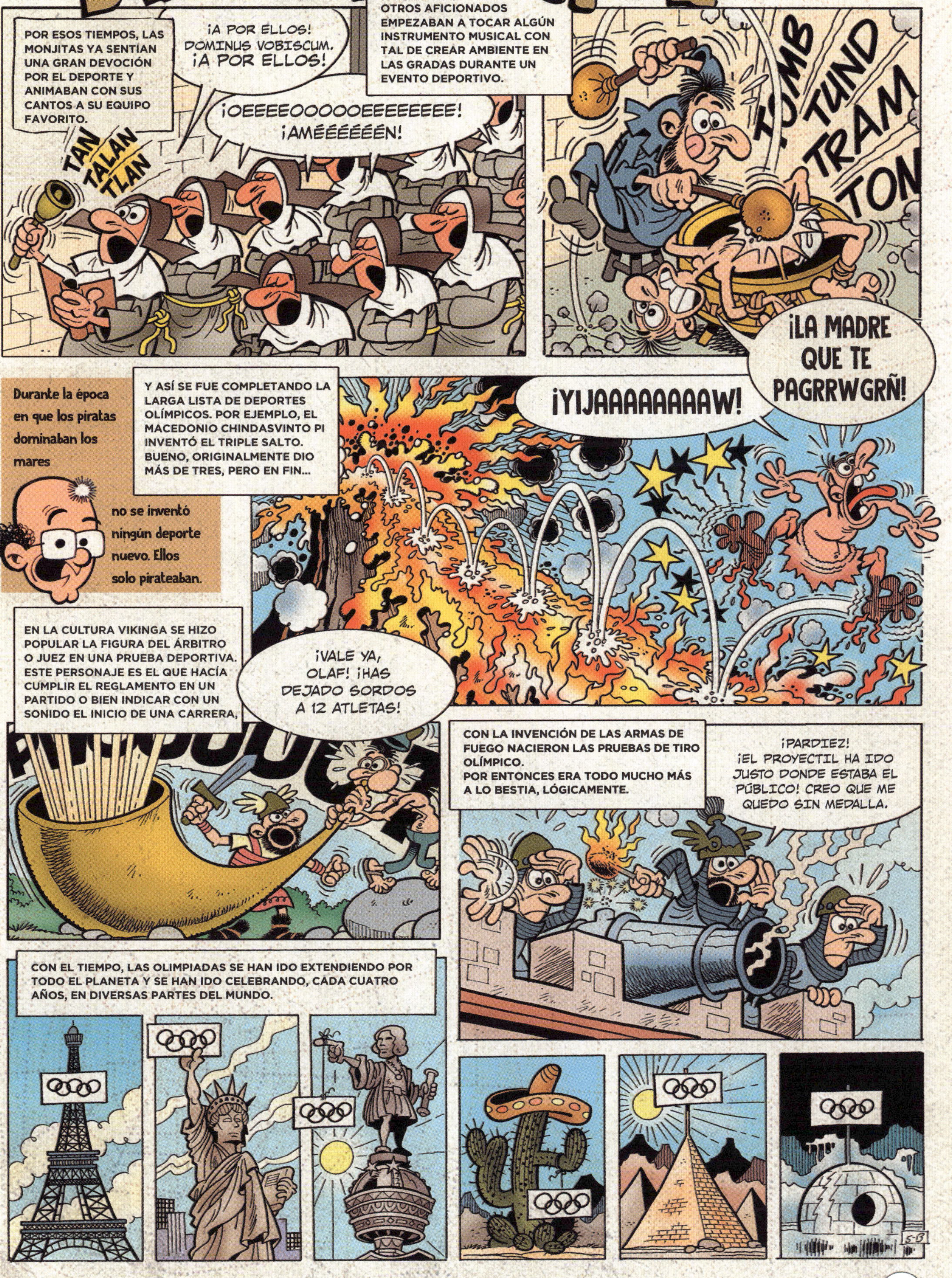

POR ESOS TIEMPOS, LAS MONJITAS YA SENTÍAN UNA GRAN DEVOCIÓN POR EL DEPORTE Y ANIMABAN CON SUS CANTOS A SU EQUIPO FAVORITO.
¡A POR ELLOS! DOMINUS VOBISCUM. ¡A POR ELLOS!
¡OEEEEEOOOOOEEEEEEEE! ¡AMÉÉÉÉÉÉN!
TAN TALAN TLAN
OTROS AFICIONADOS EMPEZABAN A TOCAR ALGÚN INSTRUMENTO MUSICAL CON TAL DE CREAR AMBIENTE EN LAS GRADAS DURANTE UN EVENTO DEPORTIVO.
TUMB TUND TRAM TON
¡LA MADRE QUE TE PAGRRWGRÑ!
Durante la época en que los piratas dominaban los mares
no se inventó ningún deporte nuevo. Ellos solo pirateaban.
Y ASÍ SE FUE COMPLETANDO LA LARGA LISTA DE DEPORTES OLÍMPICOS. POR EJEMPLO, EL MACEDONIO CHINDASVINTO PI INVENTÓ EL TRIPLE SALTO. BUENO, ORIGINALMENTE DIO MÁS DE TRES, PERO EN FIN...
¡YIJAAAAAAAAW!
EN LA CULTURA VIKINGA SE HIZO POPULAR LA FIGURA DEL ÁRBITRO O JUEZ EN UNA PRUEBA DEPORTIVA. ESTE PERSONAJE ES EL QUE HACÍA CUMPLIR EL REGLAMENTO EN UN PARTIDO O BIEN INDICAR CON UN SONIDO EL INICIO DE UNA CARRERA.
¡VALE YA, OLAF! ¡HAS DEJADO SORDOS A 12 ATLETAS!
CON LA INVENCIÓN DE LAS ARMAS DE FUEGO NACIERON LAS PRUEBAS DE TIRO OLÍMPICO. POR ENTONCES ERA TODO MUCHO MÁS A LO BESTIA, LÓGICAMENTE.
¡PARDIEZ! ¡EL PROYECTIL HA IDO JUSTO DONDE ESTABA EL PÚBLICO! CREO QUE ME QUEDO SIN MEDALLA.
CON EL TIEMPO, LAS OLIMPIADAS SE HAN IDO EXTENDIENDO POR TODO EL PLANETA Y SE HAN IDO CELEBRANDO, CADA CUATRO AÑOS, EN DIVERSAS PARTES DEL MUNDO.

DEPORTISTAS

UN BREVE REPASO A ALGUNOS PERSONAJES HISTÓRICOS PRECURSORES

Los faquires de la India inventaron las zapatillas de atletismo con clavos en la suela, lo cual facilitaba el agarre al terreno. Lo curioso es que al principio los faquires ponían los clavos hacia dentro.

El emperador romano Domiciano está considerado el primer árbitro en las pruebas deportivas. Bueno, eso si consideramos "prueba deportiva" la lucha entre leones y esclavos. Sus drásticas decisiones hacían que el perdedor del combate fuese expulsado... de este mundo.

El rey Chindasvinto de Cuenca fabricó un balón con las pieles que le sobraron a su esposa, la reina Clodomira, tras ser sometida a un *lifting* facial. El rey chutó el balón y automáticamente inventó el fútbol. ¡Había nacido el deporte... rey!

El jorobado de Notre Dame fue el inventor del rugby allá por 1782. Nadie logró jamás quitarle el balón, pues el muy pillo lo llevaba siempre muy bien escondido.

El emperador Napoleón fue un gran estratega, precursor de entrenadores de fútbol como Guardiola o Mourinho, pero perdió la batalla de Waterloo porque su línea de ataque más avanzada resultó estar en fuera de juego.

D'Artagnan fue el espadachín francés que popularizó otro deporte olímpico: la esgrima. Ganó un valioso trofeo en los campeonatos de Francia, pero, a su pesar, lo tuvo que compartir con los otros tres mosqueteros. Ya saben, "uno para todos, todos para uno".

HISTÓRICOS

DE LA MAYORÍA DE DEPORTES QUE SE CELEBRAN EN LA ACTUALIDAD

Los chinos fueron los inventores de las pruebas de remo. Lo más impactante es que empezaron remando con los dos palitos que utilizan para comer el arroz. Tan Dao Bien, un pionero, tardó 21 años en navegar 1 kilómetro.

Titus Mortadelus fue el primer gladiador que utilizó el balón como arma para acribillar a sus enemigos a pelotazos. Fue además el primer hombre que lució publicidad en los estadios romanos allá por el año 13.

El centauro Eurípides Tsipras fue el primer campeón en una prueba de hípica. Además fue el primer caballo que recibía una medalla, algo que, con el tiempo, solo recibiría el jinete.

Hug fue uno de los pioneros del deporte allá por la época del Paleolítico. Pruebas como el béisbol, el hockey o el billar fueron inventadas por ese andoba pimitivo que siempre iba con su gran porra. Era tan bravucón que su época llegó a llamarse "Peleolítico".

MÁS FIGURAS HISTÓRICAS

Chilena de Troya

Espectacular jugadora de fútbol

Tutankagol

Faraón egipcio que jugaba al balonmano.

Gengis Crack

Líder mongol que era un verdadero portento deportivo.

Napoleón Mediaparte

Emperador francés que ideó que los partidos no podían jugarse de un tirón y había que dividirlos en dos.

Goliat

Pichichi de la liga de Israel.

OTRAS FIGURAS HISTÓRICAS

Marco Polo se entretenía en sus travesías jugando con un balón en el agua. Inventó el waterpolo.

Sansón inventó el culturismo, pero él no tenía nada de culto, pues era un paleto de pueblo.

DEPORTE Y SALUD

EN LA T.I.A. SABEMOS QUE LO IMPORTANTE ES LA MENTE, DESARROLLAR EL INTELECTO, ENTRENAR LAS NEURONAS, EJERCITAR EL CEREBELO Y TAL Y TAL, PERO NO PODEMOS OLVIDAR EL CUERPO. O SEA, ESO DE...

"MENS IN CORPORE

COMO NORMA GENERAL, DIREMOS QUE HACER EJERCICIO, GIMNASIA O CUALQUIER DEPORTE ES LO MEJOR PARA MANTENER UNA BUENA SALUD.

ES MUY IMPORTANTE BEBER AGUA PARA ESTAR SANO.

SI SE TIENE SOBREPESO, HAY QUE INTENTAR ADELGAZAR.

¡NADA DE DROGAS NI ALCOHOL! ¡NO HAY QUE ESTAR COLGADO O CON EL MONO!

HAY QUE ALIMENTARSE BIEN. UN BUEN DESAYUNO ES VITAL.

UNA VIDA SEDENTARIA DETERIORA TUS ARTICULACIONES.

SANA... SERRANO"

ADOPTEMOS HÁBITOS SALUDABLES. POR EJEMPLO, NO USAR TANTO EL COCHE E IR ANDANDO A LUGARES PRÓXIMOS.

SI NOS MOVEMOS Y ADOPTAMOS UN ESTILO DE VIDA DEPORTIVO, NOS ESCONTRAREMOS LLENOS DE VIGOR.

¡PRACTIQUEMOS UN ESTILO DE VIDA OLÍMPICO! ¡ES HORA DE CUIDAR NUESTRO CUERPO Y MOSTRARLO EN TODA SU BELLEZA Y ESPLENDOR!

¡EEEP! ¡AÚN NO HEMOS TERMINADO DE HABLAR DE DEPORTE Y SALUD!

"MENS SANA IN CORPORE SERRANO"

ES IMPORTANTE TENER UNA BUENA PREDISPOSICIÓN PARA EMPEZAR A PRACTICAR EJERCICIO FÍSICO. NADA DE RAJARSE.

EN LA T.I.A. SABEMOS QUÉ HACER PARA QUE LOS AGENTES ESTÉN EN FORMA.

"La única vez que Mortadelo ha estado en forma fue cuando quedó atrapado dentro de un molde en una fábrica de coches y acabó con la forma de puerta de maletero de Seat 600".

MÉTODOS PARA GANAR MÁS ALTURA.

AUNQUE SEAS UN VAGO PROFESIONAL, CON LOS MÉTODOS DE LA T.I.A. PUEDES LOGRAR UN BUEN FUTURO PROFESIONAL.

El agente Amórfez se pasaba el día sentado sin mover un músculo.

¡Ahora se gana la vida como extra en series como *The Walking Dead*!

DEPORTE

A FAVOR	EN CONTRA
COMPROMISO Y DISCIPLINA.	QUIERO UN PISO CON PISCINA.
IR AL POLIDEPORTIVO.	CONDUCIR UN DEPORTIVO.
HACER DEPORTE MEJORA TU SALUD.	LOS DEPORTISTAS SIEMPRE SE LESIONAN.
EL DEPORTE ES BUENÍSIMO PARA LA MENTE.	O SEA, SI SOY TONTO... ¿DEJARÉ DE SERLO?
DISFRUTAS COMO UN ENANO.	SUDAS COMO UN GORRINO.
GIMNASIA. TONIFICACIÓN.	GIN... TONIC.
EL DEPORTISTA ESCULPE SU CUERPO.	EL DEPORTISTA ESCUPE CONTINUAMENTE. ¡QUÉ ASCO!
¡QUÉ BIEN LO PASO CON LAS OLIMPIADAS!	YO PASO OLÍMPICAMENTE.

UN TEMA FUNDAMENTAL SI HABLAMOS DE SALUD:

¿CÓMO PERDER PESO?

1. COME ALIMENTOS LIGEROS, COMO LOS BUÑUELOS DE VIENTO.
2. LÍGATE UN/UNA CANÍBAL.
3. LLENA TU CASA DE PLANTAS CARNÍVORAS Y PASEA EN PELOTA PICADA.
4. LÁRGATE DE CASA Y VETE A VIVIR A UNA ISLA DESIERTA.
5. CÓMPRATE UNA PIRAÑA DE MASCOTA Y MÉTETE CON ELLA EN LA BAÑERA.
6. COME TODA LA SOPA QUE QUIERAS... CON PALILLOS CHINOS.
7. DECORA TU VAJILLA CON LA FOTO DEL POLÍTICO QUE MÁS ODIAS. (O CON LOS COLORES DEL EQUIPO RIVAL SI ERES MUY FUTBOLERO).

En su afán por mostrarnos los beneficios del deporte, la T.I.A. nos presenta algunos...

Ejercicios

Todo ejercicio empieza con unos suaves movimientos corporales para tonificar los músculos.

¡No puede! ¡No puede! ¡Esto del deporte no con va con Mortadelo!

Pero el orgullo le lleva a no retroceder. ¡Ha de dar ejemplo, pues este álbum va de espíritu olímpico!

Un trote ágil da buena muestra de su espíritu renovado. La convicción es fundamental para empezar a hacer deporte.

Demasiado esfuerzo en frío. Le coge un calambre en la columna vertebral que le paraliza.

Tras un par de horas de reposo empieza a hacer unas sentadillas: eso de agacharse y levantarse. Un ejercicio ideal para las piernas.

Mortadelo ha visto la muerte de cerca, y ahora es plenamente consciente de la importancia de cuidarse. Por eso, toma una decisión...

¡Pero eso no puede ser! Dormir no es una opción para el andoba que desea mejorar su forma física. ¡Tiene que decidirse!

Dormir en el suelo es malo para la espalda y es mucho más saludable descansar en un cómodo sillón. ¡Menuda diferencia! ¡Dónde va a parar!

Tras una reparadora siesta es hora de levantarse y seguir con el ejercicio. Eso sí, desperezándose con cuidado de no hacerse daño.

Tras esas breves horas de descanso toca levantarse. Tomamos aire y... ¡en marcha!

Bueno, con cuidado de no volver a lesionarse...

Si estamos agotados, lo mejor es tumbarse en el suelo un rato. Tras una reparadora siesta, hacer flexiones es uno de los mejores ejercicios caseros que se pueden hacer para estar en forma. Además, es muy barato, pues solo se necesita un suelo.

Eso sí, tampoco hay que pasarse pensando que estamos compitiendo en los Juegos Olímpicos de Tokio en la modalidad de gimnasia. Hay que tomárselo con calma. El primer día, con una sola flexión basta.

Repentinamente, poseído por un espíritu olímpico que ni el Usain Bolt ese, Mortadelo echa a correr.

De repente gira, acelera, vuelve a girar. ¡Impresionante!

Esto sí es hacer ejercicio. ¡Eso son piruetas y no lo que hacen los gimnastas olímpicos!

¡Y el tío no para! ¡Parece que esta vez se lo ha tomado en serio! ¡Toma flexiones!

¡Toma estiramientos!

básicos con Mortadelo

Arriba, abajo, arriba, abajo. Mortadelo, de todas formas, echa de menos una silla para relizar bien las sentadillas, pero, en fin...

Tanto subir y bajar está efectivamente fortaleciendo sus cuádriceps, pero por otro lado, su cerebro se empieza a mover dentro del cráneo peligrosamente.

Observen como su careto cambia de color, congestionado. El cerebro se le ha soltado por dentro y queda paralizado. Su actividad cerebral, ya nula de por sí, llega a un rango de -45%. Es ahora un muerto viviente.

Cae al suelo más tieso que un fuet de Vic.

Pero su orgullo torero le lleva a levantarse enseguida. Al cabo de pocas semanas logra volver a ponerse en pie. Con ánimos renovados, aunque todavía renqueante por el esfuerzo supremo, decide seguir con los ejercicios.

¡Vaya! ¡Otra vez lesionado! Es normal. Después de más de 674 bostezos la musculatura se resiente gravemente. El organismo se colapsa.

De nuevo en el suelo y con más de 299 pulsaciones por minuto el atleta necesita atención urgente. Repta por el suelo exhausto buscando su teléfono, pero al final encuentra la ayuda de un amigo.

Filemón logra levantarle del suelo y llama al 112 para pedir una ambulancia, pero los del hospital se niegan a acudir, alegando que ya lo han hecho más de 54 veces en la última semana.

Mortadelo no precisa atención médica, sino...

Un buen sofá, unas patatas fritas con cerveza y el mando a distancia para ver un par de capítulos de su serie favorita.

Bueno... aunque sea con media.

El caso es que tarde o temprano habrá que levantarse. ¡Vamos, Mortadelo! ¡Un esfuerzo más! ¡Vamos!

Esguince de codillo y rotura del tabique nasal tras resbalar... Bueno, podría haber sido peor.

De repente Mortadelo se percata de una cosa muy importante... ¡Debería llevar puesta ropa deportiva!

¡Pero el presupuesto de la T.I.A. no da para poderse comprar esas ropas de colorines tan caras!

Ha sido desvestirse y vestirse y sudar más de 45 litros.

¡Brutal! ¡Lleva quemadas más de 3.000 calorías en solo dos minutos!

¡Madre del amor hermoso! ¡Y ahora se pone a hacer *break dance*! ¡Esto es impresionante, señores!

¡Ya nos extrañaba que le gustase hacer gimnasia!

Está claro que lo que le va es vaguear y estar tumbado. Si sigue así, en lugar del sofá utilizará esto.

DEPORTES POR UN TUBO

CICLISMO A TOPE

VAMOS AHORA CON UNA DE LAS PRUEBAS OLÍMPICAS MÁS POPULARES, SE TRATA DE UNO DE LOS DEPORTES MÁS PRACTICADOS EN ESPAÑA.

Lo de "descender a tumba abierta" no es agarrar la bajada de la montaña por el lado en el que no hay baches... ¡Quite, quite! Eso no es bueno para el ciclista y menos para la bicicleta, ¡porque cuestan un ojo de la cara!
"Descender a tumba abierta" es lo que hace un andoba cuando baja, previsor, para comprobar las medidas de la fosa para cuando llegue su momento.
¡HA DE SER MÁS LARGA, OIGA! ¡AHORA ME QUEDA EL PESCUEZO TORCIDO!
El emprendedor de la "fuga en solitario" no siempre lo hace por alcanzar la meta antes que nadie. En muchos casos se trata de la desesperada búsqueda de un matorral.
¡NO DEBÍ HINCHARME DE CIRUELAS! ¡GGÑ! ¿DÓNDE HAY UN LAVABOOOO?
Y si le incomoda hacerlo tras un matorral...
¡LA MADRE QUE LE...! ¡PUES NO VA EL TÍO JETA Y SE METE EN MI CASA A...! ¡Y SIN TIRAR DE LA CADENA!
BANG!
Algunos ciclistas son presas de los nervios y no llevan bien la presión que supone competir.
SÍ, YA SÉ QUE TE PONE NERVIOSO SALIR POR TELEVISIÓN, PERO RELÁJATE, HOMBRE.
Otros, en cambio, son incluso demasiado tranquilos. Cuando la etapa es especialmente larga y aburrida pueden aprovechar para echarse una siestecilla.
GROOOONZ
GROO
GROO
GROO
En una carrera, el ciclista suele tener prioridad ante semáforos, cruces y otro tipo de señalización, aunque conviene siempre ir con cuidado por si acaso.
No todos los miembros del pelotón soportan la paliza de enfrentarse a tropecientos kilómetros. ¡Por suerte ahora estamos concienzados con lo del reciclaje y todos son eficientemente recogidos de la carretera!

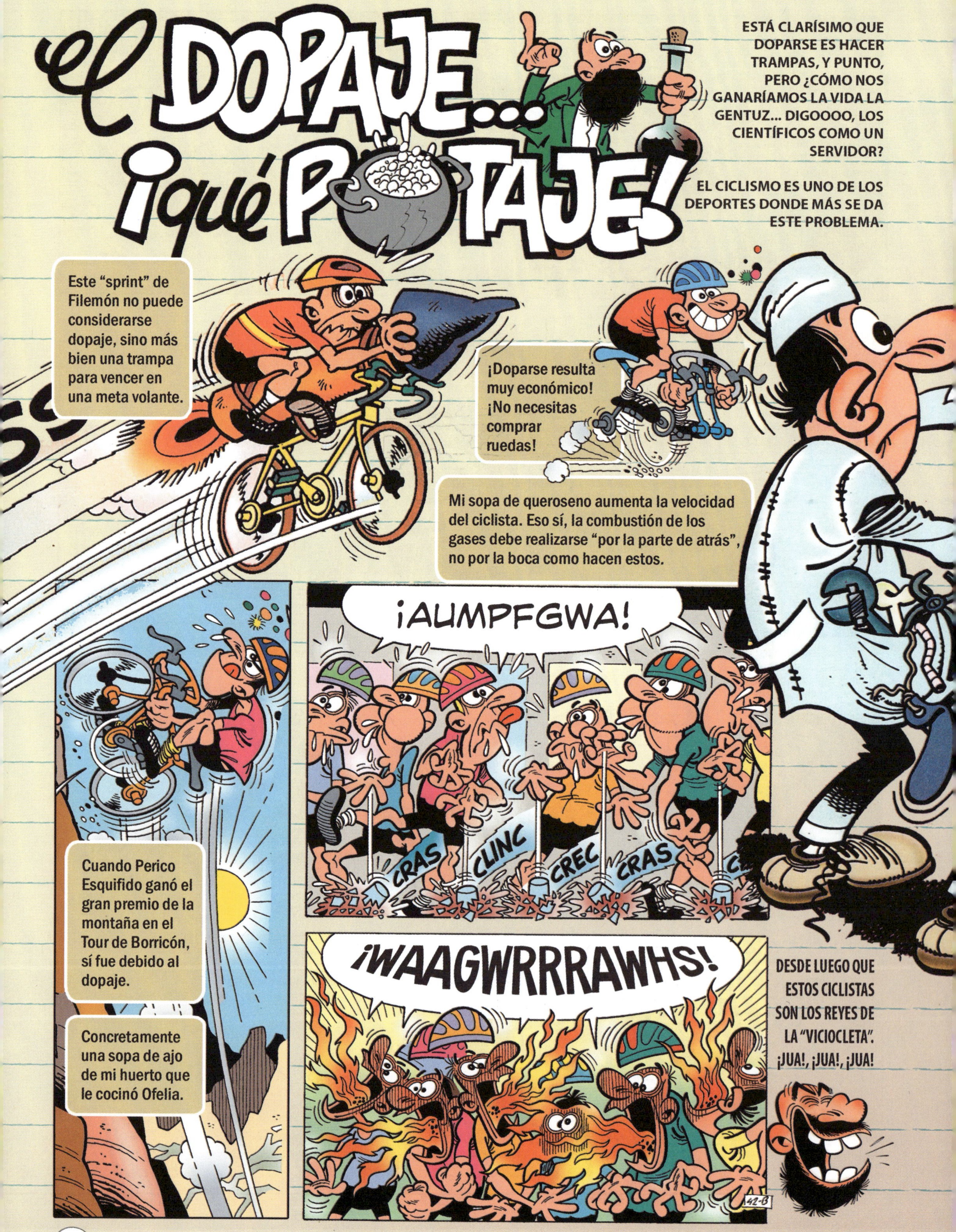
El DOPAJE... ¡qué POTAJE!
ESTÁ CLARÍSIMO QUE DOPARSE ES HACER TRAMPAS, Y PUNTO, PERO ¿CÓMO NOS GANARÍAMOS LA VIDA LA GENTUZ... DIGOOOO, LOS CIENTÍFICOS COMO UN SERVIDOR?
EL CICLISMO ES UNO DE LOS DEPORTES DONDE MÁS SE DA ESTE PROBLEMA.
Este "sprint" de Filemón no puede considerarse dopaje, sino más bien una trampa para vencer en una meta volante.
¡Doparse resulta muy económico! ¡No necesitas comprar ruedas!
Mi sopa de queroseno aumenta la velocidad del ciclista. Eso sí, la combustión de los gases debe realizarse "por la parte de atrás", no por la boca como hacen estos.
¡AUMPFGWA!
CRAS
CLINC
CREC
CRAS
Cuando Perico Esquifido ganó el gran premio de la montaña en el Tour de Borricón, sí fue debido al dopaje.
Concretamente una sopa de ajo de mi huerto que le cocinó Ofelia.
¡WAAGWRRRAWHS!
DESDE LUEGO QUE ESTOS CICLISTAS SON LOS REYES DE LA "VICIOCLETA". ¡JUA!, ¡JUA!, ¡JUA!

A continuación, la lista negra de los

DEPORTISTAS SANCIONADOS

ESLOVENIA
Luka Dopic

RUSIA
Yuri Kolokov

ITALIA
Andrea Taquicardi
Paolo Colocatti
Gianluca Tramposi

CHINA
Pin Chao
Do Pao
Koloo Kao
Engan Chao

POLONIA
Robert Dopandowsky

PORTUGAL
Leandro Gao

JAPÓN
Kemedopo Tuyasabe
Menoto Atope
Mikulo Sacayama

UCRANIA
Igor Pildorinsky

UGANDA
Menoto Chungo
Mefumé N'kanuto

ARGENTINA
Ana Bolizante

GRECIA
Esther Oides

BALONCESTO

ESPAÑA HA SIDO DOS VECES CAMPEONA DEL MUNDO Y HA GANADO MOGOLLÓN DE MEDALLAS EN VARIOS JUEGOS OLÍMPICOS. LA MORFOLOGÍA Y EL CEREBRO DE MORTADELO NO SON LOS MÁS APTOS PARA ESTE DEPORTE, PERO EL TÍO LE PONE GANAS.

SE SUELE DECIR QUE HAY ESCOLARES QUE SABEN MÁS DE SU DEPORTE FAVORITO QUE DE LAS ASIGNATURAS QUE DEBEN ESTUDIAR. PERO SABER DE BALONCESTO AYUDA A TENER MUCHA MÁS CULTURA.

CULTURILLA BALONCESTÍSTICA

UNA CIUDAD DE ISRAEL...	EL MACCABI DE TEL AVIV.
CAPITAL DE RUSIA...	EL CSKA DE MOSCÚ.
UNA BEBIDA URUGUAYA O ARGENTINA.	EL MATE.
UNA TRADICIÓN DE LA SEMANA SANTA...	LOS PASOS.
¿QUÉ SABES DE LA CIUDAD DE LOS ÁNGELES?	ALLÍ ESTÁN LOS CLIPPERS Y LOS LAKERS.
NOMBRE DE UN DIOS GRIEGO...	GIANNIS ANTETOKOUNMPO.

ES UN DEPORTE CON MUCHOS SEGUIDORES EN NUESTRO PAÍS, QUE LLENAN LOS PABELLONES PARA VER DE CERCA A SU EQUIPO.

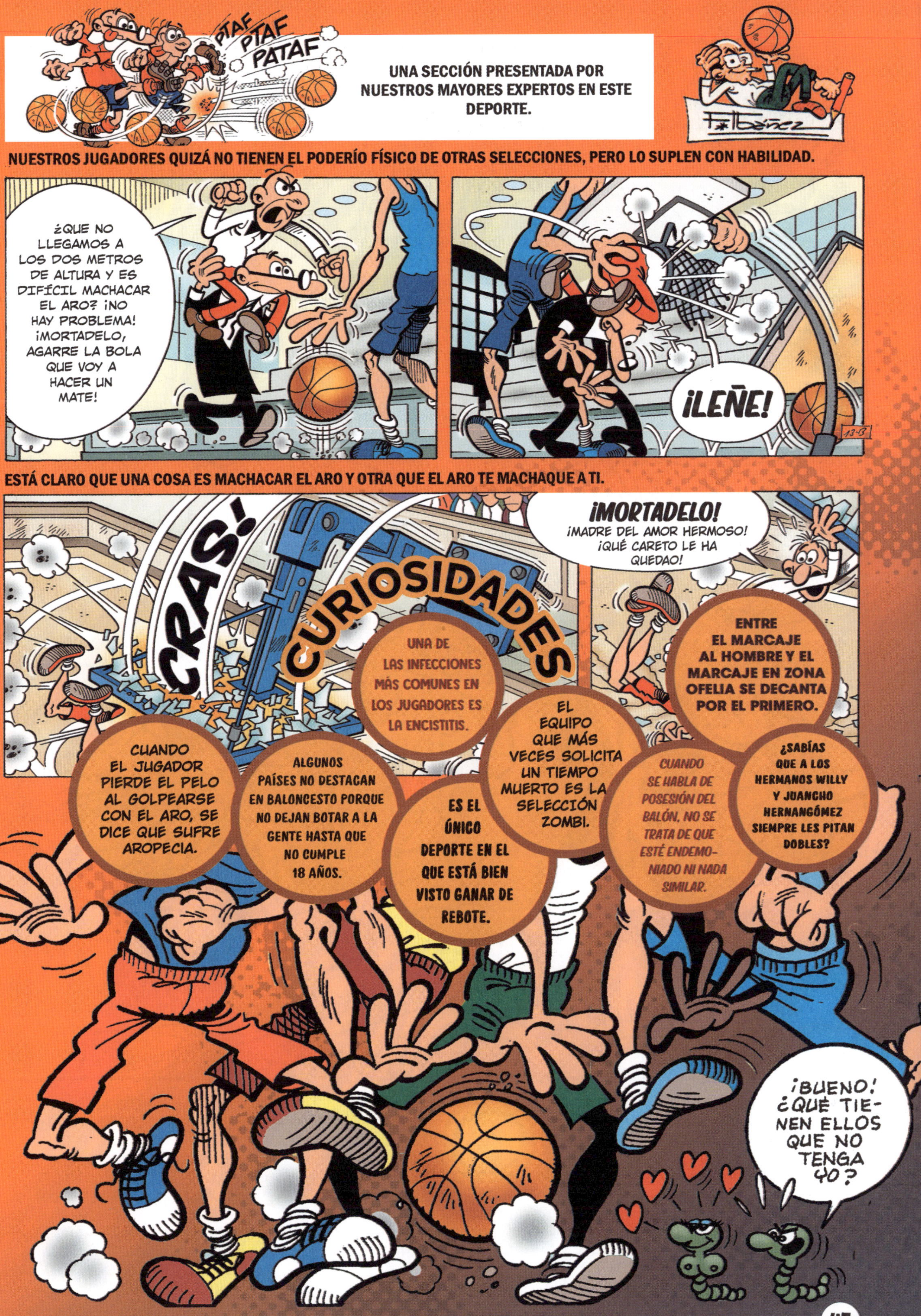
PTAF
PTAF
PATAF
UNA SECCIÓN PRESENTADA POR NUESTROS MAYORES EXPERTOS EN ESTE DEPORTE.
F. Ibáñez
NUESTROS JUGADORES QUIZÁ NO TIENEN EL PODERÍO FÍSICO DE OTRAS SELECCIONES, PERO LO SUPLEN CON HABILIDAD.
¿QUE NO LLEGAMOS A LOS DOS METROS DE ALTURA Y ES DIFÍCIL MACHACAR EL ARO? ¡NO HAY PROBLEMA! ¡MORTADELO, AGARRE LA BOLA QUE VOY A HACER UN MATE!
¡LEÑE!
ESTÁ CLARO QUE UNA COSA ES MACHACAR EL ARO Y OTRA QUE EL ARO TE MACHAQUE A TI.
¡CRAS!
¡MORTADELO! ¡MADRE DEL AMOR HERMOSO! ¡QUÉ CARETO LE HA QUEDAO!
CURIOSIDADES
UNA DE LAS INFECCIONES MÁS COMUNES EN LOS JUGADORES ES LA ENCISTITIS.
ENTRE EL MARCAJE AL HOMBRE Y EL MARCAJE EN ZONA OFELIA SE DECANTA POR EL PRIMERO.
EL EQUIPO QUE MÁS VECES SOLICITA UN TIEMPO MUERTO ES LA SELECCIÓN ZOMBI.
CUANDO EL JUGADOR PIERDE EL PELO AL GOLPEARSE CON EL ARO, SE DICE QUE SUFRE AROPECIA.
ALGUNOS PAÍSES NO DESTACAN EN BALONCESTO PORQUE NO DEJAN BOTAR A LA GENTE HASTA QUE NO CUMPLE 18 AÑOS.
ES EL ÚNICO DEPORTE EN EL QUE ESTÁ BIEN VISTO GANAR DE REBOTE.
CUANDO SE HABLA DE POSESIÓN DEL BALÓN, NO SE TRATA DE QUE ESTÉ ENDEMONIADO NI NADA SIMILAR.
¿SABÍAS QUE A LOS HERMANOS WILLY Y JUANCHO HERNANGÓMEZ SIEMPRE LES PITAN DOBLES?
¡BUENO! ¿QUÉ TIENEN ELLOS QUE NO TENGA YO?

EL BALONCESTO

VAMOS A IMAGINAR ALGO QUE ES BASTANTE DIFÍCIL DE IMAGINAR: QUE ROMPETECHOS ES ÁRBITRO DE BALONCESTO. ¿CÓMO INTERPRETARÍA ÉL ESTA JUGADA QUE VEMOS AQUÍ ABAJO? ¿APLICARÍA BIEN EL REGLAMENTO?

1 NO VEO NADA SANCIONABLE. AL PARECER ESTE PARTIDO SE DISPUTA EN ANDALUCÍA, DADO QUE ALGÚN ESPECTADOR, EN UN AMBIENTE FESTIVO DE CANTE Y DE BAILE HA PERDIDO UNA CASTAÑUELA. ¡SE AGRADECE QUE HAYA ALEGRÍA Y NO COMPORTAMIENTOS VIOLENTOS!

5 ESTÁ TERMINANTEMENTE PROHIBIDO ENTRAR EN LA PISTA COMO HACE ESTE JUGADOR. NO SE PUEDEN LLEVAR NI ANILLOS, NI PULSERAS, NI MUCHO MENOS UN "PIERCING" EN LA NARIZ.

6 EL JUGADOR QUE VISTE DE AZUL COMETE UNA GRAVE INFRACCIÓN, PUES NO PUEDE JUGAR CON UNA MÁSCARA O CARETA. DE TODAS FORMAS, SI ESTAMOS EN ÉPOCA DE CARNAVAL LA INFRACCIÓN SERÍA LEVE.

7 ¡ACCIÓN ANTIRREGLAMENTARIA DEL JUGADOR QUE VA DE ROJO! ¡NO PUEDE PONERSE A COMER TURRÓN EN PLENO PARTIDO! OTRA COSA SERÍA QUE FUESE ÉPOCA NAVIDEÑA, PERO COMO HEMOS VISTO ANTES ESTAMOS EN CARNAVAL. ¡EXPULSIÓN INMEDIATA!

8 SI ESTÁ PROHIBIDO ECHARSE A DORMIR EN PLENO PARTIDO COMO ANTES HEMOS VISTO, PEOR AÚN ES COLGARSE CUAL JAMÓN, CUAL VAMPIRO, CUAL CAPULLO DE GUSANO. ¡Y ESO NO ES TODO!

9 ¡FALTA ANTIDEPORTIVA! ¡ADEMÁS EL ANDOBA SE ESTÁ TRINCANDO UN PEDAZO DE BOCADILLO DE TRES PARES DE NARICES!

VISTO POR ROMPETECHOS

2 ¡FALTA GORDA! EL JUGADOR QUE VA DE AZUL HACE IMPACTAR SU BARBILLA EN EL CODO DEL JUGADOR QUE VA DE ROJO.
¡Y ADEMÁS EL DE AZUL SUELTA UN ESCUPITAJO! ¡EXPULSADO!

3 ES INADMISIBLE QUE ESE JUGADOR SE PEGUE UNA SIESTA EN PLENO PARTIDO. ¡Y ENCIMA DUERME A PIERNA SUELTA, PORQUE SE HA SACADO LA RÓTULA! ¡INADMISIBLE!

4 ¡QUÉ FEO GESTO SACAR LA LENGUA A UN RIVAL! ACCIÓN ANTIRREGLAMENTARIA QUE MERECE LA EXPULSIÓN INMEDIATA, YA QUE CON SU SALIVA PUEDE HACER QUE OTROS JUGADORES RESBALEN Y SE HAGAN DAÑO.

10 ¡NO OBSERVO NINGUNA ACCIÓN ANTIRREGLAMENTARIA! SE NOTA LA DEPORTIVIDAD ENTRE ESTOS DOS JUGADORES, DADO QUE DURANTE EL PARTIDO NO DEJAN DE ABRAZARSE Y HACERSE CARIÑOSAS Y AMISTOSAS CARANTOÑAS.
¡CLARO QUE SÍ! ¡ESE ES EL VERDADERO ESPÍRITU OLÍMPICO!

11 UNA COSA ES JUGAR EN PROFUNDIDAD Y OTRA ES JUGAR TAN PROFUNDO, TAN PROFUNDO QUE TE METES BAJO EL CAMPO, CUAL TOPO. ¡SANCIÓN GORDA! PUEDE HACER QUE OTRO JUGADOR SE TROPIECE.

12 ¡EEEPPA! ¡ESO SÍ QUE NO PUEDE SER! ¡JA, JA, JA! ¿DESDE CUÁNDO SE PUEDE TOCAR EL BALÓN CON LA MANO? ¿QUÉ SE CREE ESE ANDOBA? ¿QUE ESTÁ JUGANDO AL BALONCESTO?

REPASEMOS AHORA ALGUNAS OTRAS PRUEBAS QUE FORMAN PARTE DEL REPERTORIO OLÍMPICO.

DEPORTES

GIMNASIA

Observen a Mortadelo saltando el potro.

EN LA PRUEBA DE POTRO HAY QUE APOYARSE EN ÉL Y SALTAR. NO DEBES ESCONDERTE POR MUY TÍMIDO QUE SEAS.

EJERCICIOS DE SUELO

Nadie avisó a Rompetechos de que no estaba en la piscina, sino en el gimnasio, cuando se lanzó de cabeza desde el techo para realizar un triple salto mortal.

LA BARRA FIJA ES OTRO APARATO GIMNÁSTICO.

EL EJERCICIO DE ANILLAS SOLO LO REALIZAN LOS CHICOS. ALGUIEN HA DE AYUDARTE A ELEVARTE PARA SUJETARLAS.

LOS DISFRACES DEPORTIVOS DE MORTADELO

SALTO DE LONGITUD

TENIS (PARTIDOS DE DOBLES)

HALTEROFILIA

BOXEO

A MOGOLLÓN

TENIS

MORTADELO, COMO TENISTA DE LA A.T.P. (ASOCIACIÓN DE TONTOS PROFESIONALES) NOS EXPLICA EL SIGNIFICADO DE ALGUNOS TÉRMINOS DE ESTE DEPORTE.

SET: Tener muchas ganas de beber.

PISTA: Es lo que buscamos los agentes para resolver un caso.

ACE: Cuando Mortadelo logra el punto con el saque Filemón le dice: "¡Pero qué ace!".

GOLPE PARALELO: Golpe dado para que lo reciba un tonto, un lelo.

NADAL: Lo que hacen los chinos en la piscina.

TIERRA BATIDA: Arena que han pasado por la "minipimer".

CORTADO: Eso es un café con un poco de leche, ¿no?

GRIP: Resfriado leve, porque no llega a gripe.

JUEZ DE SILLA: Árbitro del partido que es superior a un juez de taburete pero inferior a un juez de sofá.

PARTIDO DE DOBLES: Que se juega con dos pelotas.

SUBIR A LA RED: Eso es cuando subes un archivo a internet, ¿no?

PASSING SHOT: ¿Ein?

ROMPER EL SERVICIO: Es lo que suele hacer Ofelia cuando se sienta en el retrete.

SMASH: Que es "mash" que "menosh". O sea, mayor cantidad.

TIE-BREAK: ¡Ese me lo sé! Break es romper, y tie... tie, pues es tío. O sea, que a tu tío se le rompe algún hueso.

LIFTADO: Jugador que se ha sometido a una operación de estética y le han estirado la piel de la cara.

GOLPE DE REVÉS: Golpeo a la bola que se realiza haciendo el pino, o sea, del revés.

HÍPICA

NATACIÓN

JUDO (LLAVE)

ESGRIMA

MÁS DEPORTES

BOXEO

Observen a Filemón practicando sus golpes. Queda claro qué (o mejor dicho, quién) le motiva.

¿Sabías que...?

Filemón se salvó de un K.O. en un combate porque el árbitro era de Borricón y no sabía contar hasta diez.

PARA SER BUEN BOXEADOR SE HAN DE REUNIR MUCHAS CUALIDADES Y NO SON TODAS REFERENTES A LA FUERZA.

¿Sabías que...?

Mortadelo se pasó 43 semanas sin orinar porque no podía bajarse la bragueta al ser incapaz de quitarse los guantes de boxeo.

HÍPICA

LA HÍPICA NO TIENE NADA QUE VER CON EL HIPO. EN LOS JUEGOS EXISTE LA MODALIDAD DE SALTOS, CONSISTENTE EN SUPERAR OBSTÁCULOS.

ES PRIMORDIAL LA COMPENETRACIÓN ENTRE ANIMAL Y PERSONA. EN EL CASO DE FILEMÓN, LLEGAN A CONFUNDIRSE EL UNO CON EL OTRO. UNA POSTURA CORRECTA Y ATAR BIEN LA SILLA ES FUNDAMENTAL.

MARCHA ATLÉTICA — TIRO CON ARCO — MARATÓN — GIMNASIA

A MOGOLLÓN

LA SILLA DE MONTAR HA DE SER LA HOMOLOGADA POR EL COMITÉ OLÍMPICO. NO PUEDE UNO USAR CUALQUIER COSA QUE TENGA A MANO.

IGUAL QUE EN EL CASO DE MORTADELO COMO BOXEADOR, LA VISTA ES MUY IMPORTANTE, NO SOLO LA DEL CABALLO (NO PUEDE LLEVAR GAFAS), SINO LA DEL JINETE.

Y PARA CONCLUIR ESTA SECCIÓN, UNA MUESTRA POLIDEPORTIVA. MORTADELO SABE APRECIAR UN BUEN VINO, PERO SU PASIÓN POR LA ENOLOGÍA ES COMPATIBLE CON LA PRÁCTICA DE VARIOPINTOS DEPORTES A LA VEZ.

DEPORTISTA DOPADO · TIRO · HOCKEY · 100 METROS LISOS

F. Ibáñez
RLON RLON RLON RLON
RLON RLON RLON RLON

ATLETISMO

EL ATLETISMO ES EL DEPORTE OLÍMPICO POR EXCELENCIA. COMENZAREMOS CON LOS...

LANZAMIENTOS

DISCO

EL DISCO PESA 2 KILOS EN LA PRUEBA MASCULINA Y 1 KILO EN LA FEMENINA. LÓGICAMENTE, SE TRATA DE LANZARLO LO MÁS LEJOS POSIBLE (NO LO MÁS ALTO COMO HACE AQUÍ EL ATLETA FILEMÓN).

LO ÚNICO QUE HA HECHO BIEN FILEMÓN ES LO DE GIRAR, ¡PERO TAMPOCO HAY QUE PASARSE!

Mortadelo batió el récord de giros estilo peonza con una marca de 489 vueltas. Acabó haciendo un agujero en el suelo de 16 metros de profundidad.

EL PROBLEMAS DE DAR TANTAS VUELTAS ES QUE EL ATLETA ACABA MAREADO Y EL DISCO PUEDE ACABAR VOLANDO HACIA CUALQUIER PARTE.

COMO EN TODO LANZAMIENTO ATLÉTICO, LA TÉCNICA ES FUNDAMENTAL.

PESO

LA BOLA ESA ES DE ACERO Y PESA ALGO MÁS DE 7 KILOS EN LA PRUEBA MASCULINA Y 4 KILOS EN LA DE LAS CHICAS. AQUÍ TAMBIÉN HAY QUE LANZAR LO MÁS LEJOS POSIBLE Y SIN DEFUNCIONAR A NADIE.
¡AMMMPF!
SPLAC!
GAW!
SPLOTCH!
¡NO PONGA ESA CARA! ¡YA LE ADVERTÍ QUE LO MÍO ERA LA PETANCA!
ESTÁ CLARO QUE LA BOLA ESA TIENE SU PELIGRO. UN IMPACTO EN EL COCO PUEDE SER MORTAL, Y NO DIGAMOS EN OTRA PARTE...
PUES HALA: CARRERILLA CORTA Y...
¡ANG!
JEFE, LE TRAIGO ESTA TABLA PARA TAPARSE EL CRÁNEO, NO SEA QUE LE SALGA OTRA VEZ PARA ARRIBA Y...
¡GÑ!
PLOC!
PTCHOF!
¡JO! PUES LA COSA NO FUE PARA ARRIBA, SINO PARA ABAJO...
¡¡AAAAAGH!
¡QUE LE DIGO QUE SE SIENTE AHÍ ENCIMA! ¡QUE SE SIENTE!
¡QUE NO ME SIENTO! ¡QUE YO SOLO ME SIENTO EN UNA CHAISE LONGUE LUIS XVI! ¡QUE SE VAYA AL CUERNOOOO!
PÓLVORA

MÁS LANZAMIENTOS

MARTILLO

AL IGUAL QUE EN LA PRUEBA DE PESO, EL TRASTO ESTE PESA ALGO MÁS DE 7 KILOS EN LA PRUEBA MASCULINA Y 4 KILOS EN LA FEMENINA. EL ATLETA HA DE DAR TRES GIROS HASTA LANZARLO LO MÁS LEJOS POSIBLE.

JABALINA

LA JABALINA PESA CASI UN KILO Y MIDE ALGO MÁS DE 2,50 METROS.

Sección patrocinada por el WAKA-WAKA
World Athletic Kapullen Action

Aquí abajo pueden ver a Ofelia, quien a menudo utiliza la jabalina como brocheta para pegarse un buen aperitivo. En esta ocasion practica la variante "aceituning".

COMO TODOS LOS LANZAMIENTOS, NO ES EN SÍ UNA PRUEBA PELIGROSA, AUNQUE LA COSA CAMBIA SI LOS ATLETAS SON UNOS INCOMPETENTES COMO MORTADELO Y FILEMÓN.

LA VERDAD, NI IDEA DE POR QUÉ SE LLAMA MARTILLO CUANDO SE TRATA DE UNA BOLA ATADA CON UNA CADENA.

Este lanzamiento fue realizado por Ofelia cuando partía huevos de avestruz para hacerse una tortilla y Filemón le hizo un comentario sarcástico. Batió un récord (de distancia y de huesos craneales rotos), pero no fue homologado por el C.O.I.

TAL COMO PASA EN EL LANZAMIENTO DE DISCO, EL ATLETA TIENE QUE DAR VUELTAS CUAL PEONZA HASTA SOLTAR EL ASA Y MANDAR EL MARTILLO AL QUINTO PINO O AL SEXTO SI ES POSIBLE.

MORTADELO ESTÁ HABITUADO A CARGAR CON ESA PESADA BOLA EN MÁS DE UN DISFRAZ.

UNA JABALINA ES TAMBIÉN LA HEMBRA DEL JABALÍ. Y, POR DESGRACIA, LO NORMAL ES QUE MORTADELO MEZCLE LOS TÉRMINOS ZOOLÓGICOS CON LOS ATLÉTICOS.

SALTO DE ALTURA, TRIPLE SALTO, LONGITUD, SALTO CON PÉRTIGA, 110 METROS VALLAS... ¡VALLA! DIGOOO... ¡VAYA REPERTORIO DE SALTOS!

SALTOS

REGLAMENTO del saltador

NO DEBERÁ COMERSE UN PLATO DE FABADA JUSTO ANTES DE REALIZAR LA TANDA DE TRIPLE SALTO.

POR MUY CANSADO QUE ESTÉ EL PERTIGUISTA, NO PODRÁ QUEDARSE DORMIDO EN LA COLCHONETA TRAS EL SALTO.

EL SALTADOR DE VALLAS PODRÁ VESTIR CALZONCILLOS DE METAL PARA PROTEGERSE DE UN IMPACTO.

HA DE CONOCER LA DIFERENCIA ENTRE SALTAR Y ASALTAR. SI TE DICEN DE IR A ASALTAR UN BANCO, NO SE TRATA DE IR A UN PARQUE A SALTAR SOBRE UNO.

SI EL SALTADOR DE PÉRTIGA PADECE DE VÉRTIGO SE LE ACONSEJA NO INTENTAR BATIR NINGÚN RÉCORD.

VARIOPINTOS

COMO EN TODA PRUEBA ATLÉTICA, LO NORMAL ES IR VESTIDO CORRECTAMENTE.

LA PRUEBA DE 110 METROS VALLAS CONSISTE EN CORRER A TODA LECHE E IR SALTANDO OBSTÁCULOS, TAL COMO ENSEÑAMOS EN LA ESCUELA DE LA T.I.A.

LA ALTURA DE LA VALLA ES IGUAL PARA CADA ATLETA. OTRA COSA ES QUE EL ANDOBA SEA UN ENCLENQUE INCAPAZ DE SALTARLA.

EN OCASIONES EL ATLETA BUSCA LA FORMA DE PODER SALTAR CON MAYOR FACILIDAD, PERO EL COMITÉ OLÍMPICO NO PERMITE ESOS TRUCOS ANTI-DEPORTIVOS.

DISFRAZ TOP

Este disfraz te garantiza unos grandes saltos sin necesidad de doparte.

LA T.I.A. ES MIEMBRO DE LA

SPORT F.E.V.E.R.

Federación Española de Vagos Endémicos Reincidentes

EN LA PRUEBA DE SALTO DE LONGITUD, LA MARCA SOLO SERÁ HOMOLOGADA SI EL ATLETA SALTA DE MANERA VOLUNTARIA.

SALTOS

HAY QUE TENER CUIDADO AL SALTAR. HACERLO CUANDO ES TU TURNO Y, ADEMÁS, EN EL SENTIDO CORRECTO PARA EVITAR POSIBLES ACCIDENTES.

¿SABÍAS QUE...? En algunos campeonatos, en vez de un listón ponen un empollón, que es aún más listón.

EN SALTO DE ALTURA, COMO EN CUALQUIER OTRA PRUEBA, EL ATLETA DEBERÁ SOMETERSE AL CONTROL ANTIDOPAJE.

TAMPOCO PODRÁ SALTAR EL ATLETA HACIÉNDOSE SERVIR DE CUALQUIER TIPO DE ARTILUGIO POR MUY RUDIMENTARIO QUE SEA.

¿SABÍAS QUE...? Un saltador de pértiga, poseedor de la mejor marca, renunció a batir su propio récord porque empezaba a sentir vértigo.

GRANDES SALTADORES

A LO LARGO DE LA HISTORIA, ESTO DE SALTAR HA CONTADO CON GRANDES ESPECIALISTAS

BOTTICELLI: Pintor del siglo XV que pegaba grandes botes.
ARTURA PI: Pueblerina de Borricón especialista en el salto de Artura.
SALTANÁS: El atleta más diabólico.
PERTIGUÍN OSBORNE: Saltador español.
SALTA TERESA: Antigua saltadora cristiana.
REY SALTURO: Entrenaba con los caballeros de la mesa redonda.

VARIOPINTOS (2)

ATLETA TOP

SPIDERMAN: Posee todos los récords de salto habidos y por haber, aunque no han sido homologados por el C.O.I., pues se prohíbe a los superhéroes participar en los Juegos Olímpicos.

OTRA DE LAS MODALIDADES DE SALTO ES LA PÉRTIGA, QUE CONSISTE EN CORRER CON UN PALO MUY LARGO HASTA CLAVARLO EN TIERRA Y HACER PALANCA. EN TEORÍA HAY QUE SALTAR UN LISTÓN, PERO ESO YA ES DEMASIADO PEDIR PARA UN ATLETA COMO MORTADELO.

EL TRIPLE SALTO ES ESTO QUE ESTÁ PRACTICANDO MORTADELO: SALTAR HASTA TRES VECES DE UN TIRÓN. BUENO, EN ESTE CASO DIO HASTA 16 SALTOS DEBIDO A UN IMPREVISTO.

LAS CAR

F. Ibáñez

CORRER ES DE LOS DEPORTES MÁS SENCILLOS DE PRACTICAR, PERO NI AUN ASÍ MORTADELO Y FILEMÓN TIENEN UN COMPORTAMIENTO NORMAL. EN LAS CARRERAS DE VELOCIDAD, EL ATLETA INICIA LA CARRERA APOYÁNDOSE EN LOS TACOS DE SALIDA. LLEVAR ZAPATILLAS CON CLAVOS PUEDE SER UN INCONVENIENTE.

RERAS

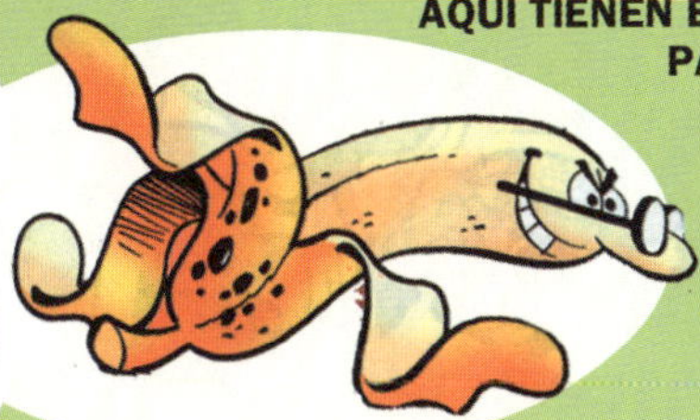

AQUÍ TIENEN EL MEJOR DISFRAZ DE MORTADELO PARA COMPETIR EN LAS CARRERAS. ¡Y NO SE TRATA DE UNA TRAMPA PARA CORRER MÁS! SE TRATA MÁS BIEN DE IMPEDIR QUE LOS DEMÁS LLEGUEN A META DEBIDO A LOS RESBALONES.

COMO TODAS LAS PRUEBAS, LAS CARRERAS TIENEN SU

REGLAMENTO

AUNQUE SE HAYA METIDO CONTIGO O TU FAMILIA, NO SE PUEDE AGARRAR A UN RIVAL.

NO SE PUEDE CORRER A CUATRO PATAS POR MUY ANIMAL QUE SE SEA.

NO SE PUEDEN LLEVAR RUEDAS NI MUELLES EN LAS ZAPATILLAS.

PARA HACER UNA CARRERA NO HACE FALTA SER MUY LISTO. OTRA COSA ES LA DE LA UNIVERSIDAD, CLARO.

EN LA CARRERA DE LOS 100 M LISOS NO SE PUEDE COGER UN ATAJO.

EN LOS 110 M VALLAS LOS OBSTÁCULOS SE SALTAN. NO SE VALE PASAR POR DEBAJO.

Diccionario de carreras

VALLA DE LOS CAÍDOS: Allí donde reposan los cuerpos de los saltadores fallecidos.

MASRATONIANO: Maratoniano que se tira más rato del normal para cubrir los 42 km.

EXPRÍNTER: Corredor de velocidad que se exprime al máximo para ganar al *sprint*.

TARTÁN: Pastelán, bizcochán.

FONDISTA: Corredor que, en el fondo, es bastante bueno.

CALLE: No diga nada.

MELLADISTA: Corredor que logra ganar un metal, pero a costa de haberse mellado los dientes tras una caída.

RENCORMAN: Corredor que casi bate una marca y es muy muy rencoroso con sus competidores

POLIDEPORTIVO: Agente del orden amante del *running*.

PELOCISTA: Corredor que gana por los pelos.

Y AHORA, UNAS CURIOSIDADES DE LA PRUEBA OLÍMPICA MÁS LEGENDARIA...

La MARATÓN

EL ATLETA LEPERO QUE BATIÓ LA MARCA DE LA MARATÓN EN 2019 NO VERÁ HOMOLOGADO SU RÉCORD, PUES EL C.O.I. COMPROBÓ QUE EL CIRCUITO DEL PUEBLO ERA TODO EN BAJADA.
EL HECHO DE QUE ADEMÁS BAJARA EN PATINETE YA NI SE TUVO EN CUENTA.

¿Cómo es posible que los agentes de la T.I.A. no tengan ningún récord cuando son capaces de ir de Cuenca a Mongolia en dos viñetas?

Ofelia empezó la maratón de Sevilla, saliendo a toda pastilla hasta llegar al primer puesto de avituallamiento. De ahí no pasó, porque pidió una ración de albóndigas, y como allí solo tenían agua y fruta se retiró.

Para decir que has corrido una maratón hay que correr los 42 kilómetros de un tirón. No se vale correr 1 kilómetro diario durante 42 días.

Manolo Acné, agente de la T.I.A., corrió la maratón de Ámsterdam y al llegar a la meta, debido al tremendo esfuerzo realizado, se le reventó un grano, logrando así una "pusmarca" personal.

En 2019, el atleta keniano Kipchoge utilizó unas revolucionarias zapatillas con las que bajó de las 2 horas para completar la carrera. Bacterio empleó unas especiales también, pero el C.O.I. no homologó sus zapatos con cohetes ni el hecho de llegar volando y en llamas a la meta.

La maratón del Sáhara no logró terminarla ningún atleta y el premio se declaró desierto.

La carrera de resistencia de Borricón se conoce como "matatón", pues los atletas se matan a garrotazo limpio para que solo llegue uno a meta.

¿Sabías que algunos atletas se inscriben en la maratón de las Canarias pensando que allí su marca será de una hora menos?

Mortadelo y Filemón estuvieron a punto de vencer en la maratón de Valencia. Curiosamente, no iban equipados como atletas. "No estábamos compitiendo, no. ¡Es que nos perseguía Joe Vísceras!", declaró Filemón.

¿Sabías que Rompetechos ha tomado la salida en más de 39 maratones y nunca ha llegado a la meta?

Al Súper le propusieron correr una maratón, pero se negó. Su excusa era que "correr es de cobardes".

El agente López quiso animar a Bacterio para que le acompañase a correr una maratón. La respuesta del profesor fue: "Le acompaño... en el sentimiento".

Mortadelo fue descalificado en la maratón de Barcelona pues le dijeron que era una carrera "de fondo" y él se puso a correrla por las vías del metro, bajo tierra.

EN LA MARATÓN ANIMAL QUE SE CORRE EN BORRICÓN Y DONDE SOLO COMPITEN PATOS, TODOS LOS ATLETAS ACABARON EMPATADOS.

Mortadelo protagonizó un tiroteo en la maratón de Nueva York cuando el juez de la carrera dio el pistoletazo de salida. Al oir el disparo Mortadelo respondió con su arma y la lio parda.

EN BORRICÓN SE DISPUTA UNA CARRERA DE 42 KM POR LOS PANTANOS DEL PUEBLO. LOS CORREDORES VAN CON ALETAS EN LUGAR DE ZAPATILLAS POR LO QUE EL C.O.I. LA CONSIDERA UNA PRUEBA DE "ALETISMO".

PLAC
PLAC
PLAC
PLAC
PLAC
PABELLÓN DEPORTIVO

EL DEPORTE EN BORRICÓN DE ARRIBA

A CONTINUACIÓN, UN DOCUMENTO DEPORTIVO IMPRESIONANTE

LOS MEJORES ATLETAS DE BORRICÓN DE ARRIBA

ESTO SÍ ES UN EQUIPO DE ÉLITE, Y NO LOS VENGADORES O LOS 4 FANTÁSTICOS ESOS.

MANOLO GUALQUIN DED
Jugador de baloncesto zombi.
Especialista en los tiempos muertos.

ENFISEMO LÓPEZ
Atleta que es un buen ejemplo de cómo clima y alimentación pueden forjar el físico de un habitante de Borricón. El problema es que no pasa los controles antidopaje.

PRUEBAS DEPORTIVAS
AUTÓCTONAS

BALCONCESTO
Para alcanzar con más facilidad la canasta, los jugadores se pueden subir a un balcón.

LANZAMIENTO DE CATALINA
La suegra del alcalde, que pesa más de media tonelada, ha de ser lanzada por los atletas a la mayor distancia posible y sin la ayuda de explosivos.

PERAGÜISMO
Se trata de intentar robar el mayor número de peras del huerto del tío Macario sin que este te derribe con su ametralladora.

MATACIÓN SINCRONIZADA
Una especie de partido de waterpolo que se disputa en una charca. Los nadadores han de zurrarse, pero de una manera rítmica y ordenada.

REVIENTATHLON
Prueba que incluye varios tipos de deporte. Desde carreras de 350 kilómetros a tala de árboles a mordiscos pasando por lanzamiento de melones.

MECATHLON
Carrera donde solo compiten musulmanes. Han de ir hasta La Meca y regresar.

LOS MEJORES ATLETAS DE BORRICÓN

de ARRIBA

Imaginen cómo serán los peores

LOS MEJORES ATLETAS DE BORRICÓN

BALDOMERO FU
Boxeador muy ligerito que compite en la categoría de los pesos pluma.

BALÓN OFICIAL DEL CAMPEONATO DE FÚTBOL

SOLO SE PONE EN JUEGO CUANDO NUESTRO JUGADOR VA A TIRAR UN PENALTI CONTRA EL EQUIPO RIVAL..

EL EQUIPO DE FÚTBOL MUTANTE

ALÍ BABAS
Este centrocampista tiene el poder de dificultar el avance del quipo rival a base de impregnar el terreno de juego de babas resbaladizas. Otra de sus ventajas es que no le pueden pitar penalti por tocar el balón con las manos, porque... ¡no tiene!

EVARISTO PUÑEFLAS
Tras un experimento a base de genoma de araña y después de implantarle en el cerebelo todas las películas de Spiderman en formato mp4, este defensa teje una tela de araña en la portería haciendo que el balón nunca pueda penetrar.

LADISLAO KULADA
Un defensa que no destaca por su técnica, sino por su contundecia a la hora de... Bueno, digamos que su "superpoder" no es visible, pero sí muy audible. Tras zamparse cuatro latas de fabada sus detonaciones espantan a todo atacante que ose acercarse a su zona.

DEMETRIO Y MANUÉ RUPÉREZ
Una curiosa mutación que ha dado lugar al mejor rematador de cabeza del equipo de Borricón. Metiendo goles de cabeza son tremendos, pero la cosa tiene algún que otro inconveniente, como, por ejemplo, que a veces no se ponen de acuerdo y uno quiere atacar y otro defender. Las discusiones les han llevado a zurrarse mutuamente y el árbitro ha debido expulsar al agresor. Pero... ¿cómo expulsas a uno si comparten el mismo cuerpo? ¡Eso no se soluciona ni con el VAR!

FACUNDO CHIRIMOYO
Más que mutación, lo que le sucedió fue una mutada. Cuando juega de portero es un auténtico pulpo que atrapa todos los balones, pero ese puesto lo suele ocupar Estropicius, el bicharraco ese de la página anterior. Entonces ha de jugar de defensa y por desgracia le suelen pitar 12 o 13 penaltis por partido.

BALÓN NO OFICIAL DEL CAMPEONATO DE FÚTBOL

INDICADO PARA PARTIDOS SOPORÍFEROS DONDE EL RESULTADO YA NO ES IMPORTANTE.

ESTRELLA NBA

COMPA

TRAS EL PARTIDO HAY JUGADORES QUE LOGRAN UN "TRIPLE DOBLE".

LOS BUENOS JUGADORES DAN ASISTENCIAS.

INTENTAR UN MATE.

¡QUÉ BUEN PARTIDO DE DONCIC!

ENTRENO.

¡QUÉ BUENO ES LE BRON!

RESPETAR LA DECISIÓN ARBITRAL.

LUCHAN POR LOGRAR CANASTA.

BLOQUEAR AL JUGADOR RIVAL.

GOLDEN STATE WARRIORS.

CAVA-LIERS.

¡EL AMBIENTE EN LAS GRADAS ES UN ESPECTÁCULO MARAVILLOSO!

UN FÍSICO ATLÉTICO.

ACEPTAR LAS ROTACIONES.

MACHACAR EL ARO.

SACRA-MENTO KINGS.

TORONTO RAPTORS.

BOTAR E INTENTAR NO COMETER DOBLES.

RACIÓN JUGADOR, DE BORRICÓN

¡QUÉ MALO ES EL MARIDO DE LA CONCHI!

INTENTAR QUE NO TE MATEN.

LOS JUGADORES RECIBEN ASISTENCIA... PSICOLÓGICA.

ANTES DEL PARTIDO HAY JUGADORES QUE SE BEBEN UN WHISKY DOBLE.

NOQUEAR AL JUGADOR RIVAL.

NO LUCHAN PORQUE NO COBRAN NADA DE PASTA.

DESEN-FRENO.

T.I.A. APROBADO

Una sección patrocinada por el dentífrico que utilizan nuestros agentes, a pesar de que apenas les queden dientes.

Cuelgate

GAGA-LIERS.

CARGARSE AL ÁRBITRO SI LO HACE MAL.

QUÉ GORDOS ESTÁN ESTOS GUARROS.

UN FÍSICO ESQUE-LÉTICO.

QUÉ MALO ...O ES ESE ...ABRÓN!

¡EL AMBIENTE EN LAS GRADAS ES UN ESPECTÁCULO BOCHORNOSO!

ESPERAR LAS VACACIONES.

MACHA-CAR AL CONTRARIO.

BEBER E INTENTAR NO VER DOBLE.

SON TONTOS UN RATO.

EXCRE-MENTOS, SÍ.

Y AHORA UNA PRUEBA MÍTICA EN EL CALENDARIO DEPORTIVO DE NUESTRO PUEBLECICO.

EL TOUR

EL "DOPAJO" ESTÁ PERMITIDO. O SEA, PUEDES COMER AJO Y ECHAR EL ALIENTO AL RIVAL.

SOLO SE SUSPENDERÁ LA ETAPA SI DURANTE LA ASCENSIÓN AL VOLCÁN ESTE ENTRARA EN ERUPCIÓN.

EN ESTA PRUEBA LOS CORREDORES CONOCERÁN AL AUTÉNTICO "TÍO DEL MAZO": EUSEBIO, EL ASESINO DE BORRICÓN.

EL CICLISTA PUEDE QUEMAR CALORÍAS EN EL BOSQUE, PERO CON MUCHO CUIDADO DE NO PROVOCAR UN INCENDIO.

DADO QUE EL PUENTE QUE HAY SOBRE EL RÍO NO ESTÁ REPARADO, TODOS LOS CICLISTAS DEBERÁN SABER NADAR.

El corredor llevará casco solo cuando vaya a caerse.

AL PASAR EL PELOTÓN POR LA FINCA DEL TÍO MACARIO TODOS LOS CICLISTAS DEBERÁN ABONAR 12 EUROS DE PEAJE.

EL CICLISTA NO CHUPARÁ RUEDA A NO SER QUE EL QUE VA DELANTE HAYA PISADO UN CHARCO Y ESTÉ LIMPIA.

Podrá saltarse un semáforo siempre que este no supere los 3 metros de altura.

GRANDES FIGURAS

Borricón cuenta con grandes ciclistas, capaces de logros de tal magnitud que han pasado a formar parte de la historia no solo del deporte, sino también de la psiquiatría.

OLEGARIO CIGÜEÑO

Tras el experimento al que le sometió el profesor Bacterio en el que le salieron alas de los sobacos, se convirtió en especialista en metas volantes.

DE BORRICÓN

LOS CICLISTAS AMANTES DE LOS ANIMALICOS PUEDEN LLEVAR ALPISTE POR SI TIENEN UNA PÁJARA.

EL "HABITUALLAMIENTO" CONSISTIRÁ EN UNA BUENA RACIÓN DE HABAS PARA REPONER FUERZAS.

LOS DESCENSOS "A TUMBA ABIERTA" ESTARÁN PERMITIDOS SOLO A LOS CORREDORES ZOMBIS.

LOS CICLISTAS TRAGONES PUEDEN EMPLEAR UNA BICICLETA DE "MOUNTAIN BIKE", DADO QUE PUEDE TENER HASTA TRES PLATOS.

LOS CORREDORES QUE SEAN MUY REPUBLICANOS NO CORRERÁN LA ETAPA REINA.

EL DIRECTOR DE LA CARRERA SERÁ PERICO DELGADO. O SEA, UN SEGUIDOR DEL ESPANYOL DE POCO PESO.

AL PASAR JUNTO AL PANTANO LOS CICLISTAS PODRÁN LLEVAR ESCOPETAS PARA DEFENDERSE DE LOS MOSQUITOS.

SI SE TIENE EL TRASERO DELICADO, SE PUEDE SUSTITUIR EL SILLÍN POR UN COLCHÓN DE LÁTEX.

DADO QUE EL VENCEDOR RECIBIRÁ UN BESO DE LA AZAFATA DE LA VUELTA, OFELIA, ESTÁ PERMITIDO QUE NINGÚN CICLISTA GANE.

NEMESIO DIPLODÓQUEZ

Corredor de 489 kilos de peso que compite con un tractor a pedales. La expresión "el grueso del pelotón" se refiere a él.

GREGORIO

El mejor gregario.

FULGENCIO CÁBREZ

Escalador que es un auténtico cabrito. Suele ser el vencedor de las pruebas de alta montaña.

USEBIO ACELÉREZ

Consumado "sprinter" que es además buscado por la policía por irse de los bares sin pagar.

MIGUEL "IN THE RAIN"

Corredor especialista en las etapas lluviosas donde la carretera está mojada.

SPIDERMAN LÓPEZ

Otro que padeció los experimentos del profesor Bacterio y acabó siendo un gran escalador.

BORRICÓN

ALDEA CANDIDATA A LOS JJ.OO. 2028

UNA VISITA GUIADA DE LA MANO DE LA ABUELA DE MORTADELO.

BALÓN OFICIAL HOMOLOGADO

ACOGEDORES Y SIMPÁTICOS LUGAREÑOS

SERVICIO DE REMOLQUE PARA ATLETAS FLOJUCHOS

DISPONEMOS DE PESAS

SERVICIO DE DRONES

SERVICIO DE TAXIS ECOLÓGICOS

ROPA DEPORTIVA PROPIA

INSTALACIONES CON CALEFACCIÓN
AIRE ACONDICIONADO
UN PÚBLICO APASIONADO
SERVICIO DE AUTOCAR CON CHÓFER
¡AHORRO ENERGÉTICO A TOPE!
¡BUENO, YA LE DIJE QUE EL PRESUPUESTO DE MI PUEBLO PARA LOS PARTIDOS NOCTURNOS NO ERA MUY ALTO, JEFE...!
PISCINA... BUENO, DEPENDE DE LA SEQUÍA
PODIO DE DISEÑO PROPIO
1
2
F. Ibáñez

LOS JUEGOS OLÍMPICOS

LA LLAMA

EL ESPÍRITU OLÍMPICO SE REPRESENTA CON UNA LLAMA. LA ANTORCHA SE LLEVA POR LAS CALLES HASTA LLEGAR AL ESTADIO.

ES EVIDENTE QUE NO ESTÁN LOS TIEMPOS PARA IR ECHANDO HUMO POR LA CIUDAD. QUIZÁ ALGÚN DÍA SE UTILICE UNA “ANTORCHA ELÉCTRICA”, PERO MIENTRAS TANTO, PERSONAJES COMO ROMPETECHOS LA LIARÁN PARDA.

BUENO, ¡Y NO DIGAMOS MORTADELO Y FILEMÓN! ESTE ÚLTIMO PORTABA LA ANTORCHA OLÍMPICA, SE QUEMÓ Y...

Rompetechos, que cuando cumplió los 50 tacos, creyó que ese atleta era una gran vela del pastel de cumpleaños.

OLÍMPICA

MUCHOS CIUDADANOS ANÓNIMOS TIENEN EL PRIVILEGIO DE LLEVAR LA LLAMA OLÍMPICA DURANTE UN RATO. SU DESTINO: EL PEBETERO.

ESTÁ CLARO QUE SI EL PORTADOR ES MORTADELO, DURANTE EL TRAYECTO AL ESTADIO NO LE SUCEDERÁ NADA BUENO.

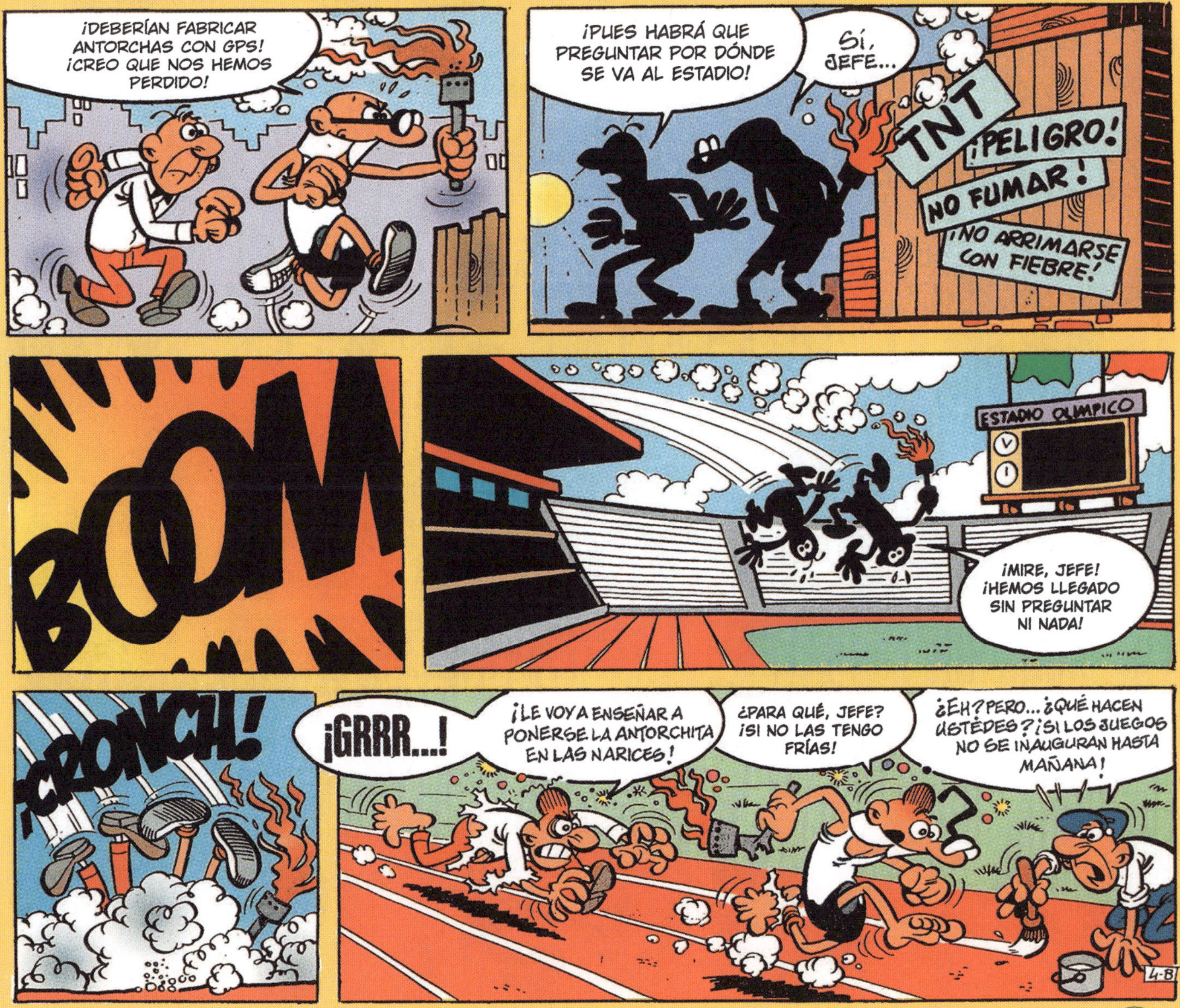

EL DESFILE OLÍMPICO

LEMAS COMO "LO IMPORTANTE NO ES GANAR, SINO PARTICIPAR" NOS RECUERDAN LOS VALORES DEL ESPÍRITU OLÍMPICO.
AHORA, NO TODO EL MUNDO COMPARTE ESAS IDEAS Y NO SON MUY DEPORTISTAS QUE DIGAMOS.

ESPÍRITU OLÍMPICO
PASO OLÍMPICAMENTE

COMPAREMOS LAS DOS FORMAS DE VIVIR EL OLIMPISMO.

Las Medallas

¿QUÉÉÉ? ¿QUE USTED ES DE LOS QUE CREEN QUE MORTADELO Y FILEMÓN NUNCA GANARÍAN UNA MEDALLA EN UNOS JJ.OO.? PUES VEAN, VEAN.

ESTA MEDALLA DE ORO LA OBTUVIERON EN LOS JUEGOS DE ATLANTA. GANARON LA MARATÓN, SÍ, PERO LUEGO SE DESCUBRIÓ QUE FILEMÓN COGIÓ UN ATAJO Y QUE MORTADELO SALIÓ DE UN PORTAL A POCOS METROS DE LA META.

EN LOS JJ.OO. DE SÍDNEY, LOS AGENTES PROTAGONIZARON EL PRIMER SALTO CON PÉRTIGA DOBLE, INCLUYENDO PIÑAZO FRONTAL Y DOBLE SALTO MORTAL CONTRA EL SUELO. OBTUVIERON LA MEDALLA DE PLATA PORQUE HICIERON QUE EL PÚBLICO SE PARTIERA DE RISA DURANTE MÁS DE UNA HORA, LO CUAL SUPUSO UN NUEVO RÉCORD.

EN LOS JJ.OO. DE LONDRES, MORTADELO EVITÓ UN SABOTAJE TRAS CAMUFLARSE COMO JUGADOR DE BALONCESTO Y DETENER A UN TERRORISTA. COMO PREMIO LE DIERON ESTA MEDALLA, Y A FILEMÓN LE DIERON 47 PUNTOS DE SUTURA EN TODO EL CUERPO, YA QUE A ÉL LE TOCÓ HACER DE BALÓN.

¡BRR! ¡EL BURRO DE MORTADELO YA HA CHAMUSCADO LA PÁGINA CON LA ANTORCHA!
¿... Y ESTE ES EL RECORDMAN DEL SALTO DE ALTURA?
OBSERVEN LA INSCRIPCIÓN EN ESTA MEDALLA QUE GANÓ MORTADELO EN LOS JUEGOS DE LONDRES: "LO IMPORTANTE EN EL DEPORTE NO ES VENCER, SINO NO HACER EL RIDÍCULO". LÓGICAMENTE, EL AGENTE NO GANÓ NINGUNA CARRERA, PERO LE HICIERON SUBIR AL PODIO TRAS CHOCAR CON TODAS LAS VALLAS EN LA PRUEBA DE LOS 110 METROS.
LO IMPORTANTIVM EN EL DEPORTEM NON ET VINCERE, SINO NO FARE RIDICVLVM
I
NOT SON MÁS TONTVS PORQVE NOT ENTRENATVM
MORTADELVM ET FILEMONIS
FILEMÓN OCUPÓ EL PUESTO DE JUEZ DE SALIDA EN LA PRUEBA DE LOS 100 METROS LISOS EN LOS JJ.OO. DE SEÚL. ESTA MEDALLA DE PLATA CONMEMORA DOS HECHOS NUNCA VISTOS EN UNOS JUEGOS OLÍMPICOS: QUE UN ATLETA TARDE MÁS DE 2 MINUTOS EN CORRER ESA DISTANCIA Y QUE EL JUEZ MATE A MÁS DE 16 AVES DURANTE LA COMPETICIÓN.
ANDORAE AGILIPUERTVM
LANZAMIENTVM DE JABALINVM
EN LOS JUEGOS DE LOS ÁNGELES, EN 1984, A MORTADELO LE ENTREGARON UNA MEDALLA DE BRONCE. SÍ, PERO A CAMBIO DE QUE SE FUESE DEL ESTADIO Y NO VOLVIERA NUNCA MÁS, YA QUE SU ESTILO EN LA PRUEBA DE LANZAMIENTO DE JABALINA DEJÓ FLIPADOS A LOS JUECES.

LO QUE EL OJO

Cuando uno acude al estadio o al pabellón olímpico, en ocasiones se disputa más de una prueba al mismo tiempo, con lo que uno se pierde muchísimos detalles.
En esta sección, con la ayuda de Rompetechos, vamos a analizar algunos de esos detalles imperceptibles y casi siempre inexplicables.

NO VE

Mientras se celebra la competición de lanzamiento de disco, si nos fijamos bien podemos ver a un atleta corriendo la prueba de los 800 metros. ¿O deberían ser los 800 kilos?

No es normal que la prueba de halterofilia acabe con los deportistas corriendo a toda velocidad, a no ser que M y F estén presentes en el pabellón, claro. ¡Pero lo más raro de la escena es ese reptil motorizado!

En las Olimpiadas de París uno puede toparse con ciudadanos de muchas clases, pero... ¿un tío con los dientes como teclas de piano? ¡Eso sí que es dar la nota!

¡Bajo el tatami de la prueba de judo aparece un minino dopado! ¡Este asunto no es del C.O.I. sino de la protectora de animales!

En las pruebas atléticas de lanzamientos pueden ocurrir accidentes, dado que pesos, jabalinas, discos o martillos son lanzados con fuerza a grandes distancias.
Más allá de que a Filemón le lesionen el bulbo raquídeo de un discazo lo raro aquí es ese tanque lanzador de proyectiles. ¡Es antirreglamentario!

El deporte es muy importante, sí, pero tampoco hay que dejarse la vida al competir en anillas como hizo este gimnasta.

Poca gente se percató de que en este pabellón no solo había un gorila por ahí deambulando, sino que un espectador japonés se estaba haciendo el harakiri y... en lugar de corazón el andoba tenía un cigüeñal. O sea, iba a motor el tío.

Los Patronos

DURANTE LA PRÁCTICA DE UN DEPORTE CONVIENE TENER A MANO UNAS PLEGARIAS Y REZOS A LOS SANTOS POR SI NUESTRA SITUACIÓN FÍSICA Y MORAL ES DESESPERADA.

San Frenando
Patrón de quienes corren demasiado.

San Biciente
Patrón de los ciclistas.

San Ataúdfo
Patrón del deportista que ve cerca la muerte.

San Heladio
Patrón de los Juegos Olímpicos que se disputan en invierno.

Santa Dolores
Patrona de los atletas que acaban con agujetas.

San Quintín
Patrón del corredor que suele llegar en quinta posición

San Cuartín
Patrón del corredor que acaba antes que el devoto de San Quintín

San Alejando
Patrón de los corredores de maratón que van en cabeza y se distancian de los demás.

San Remo
Patrón de los piragüistas.

San Teodostio
Patrón de los boxeadores.

San Tiroteo
Patrón de los que practican tiro olímpico.

Santa Serafina
Patrona de las chicas que serán más delgadas debido al ejercicio.

San Demetro
Patrón de los jugadores de baloncesto que son muy bajitos.

Santa Metilde
Patrona de las jugadoras de baloncesto.

San Canastasio
Patrón de los jugadores de baloncesto.

Olímpicos

"Cada 1 de noviembre, muchos atletas de longitud celebran la fiesta de Todos los Saltos".

F. Ibáñez

Santo Dopingo
Patrón de los deportistas que hacen trampas.

San Agapito
Patrón de los árbitros.

Santa Diana
Patrona de los tiradores con arco.

Santa Angustias
Patrona de los nadadores que están supernerviosos y tragando agua.

San Sebaostiar
Patrón del saltador de trampolín que se lanza con mala técnica.

San Toribio
Patrón de quien se entrena corriendo ante los toros en Pamplona.

Santa Socorro
Patrona de los nadadores que están a punto de ahogarse.

San Reimundo
Patrón del atleta que se convierte en rey del planeta en una prueba deportiva.

San Hambrosio
Patrón de los deportistas que están muertos de hambre y precisan alimento.

San Metías
Patrón de los futbolistas que más goles meten.

San Sacarías
Patrón de los porteros que más goles evitan.

San Francisco de Anís
Patrón de los que se pegan un traguito antes de hacer ejercicio.

Santa Quenoveva
Patrona de quienes están en contra de hacerlo.

San Alfondo
Patrón de quienes se sumergen para hacer natación sincronizada.

San Agustín
Patrón de los que prefieren no hacer deporte y quedarse en el sofá tan a gusto.

DIARIO NO OFICIAL DE LOS JUEGOS OLÍMPICOS

PARCA

VERGÜENZA AJENA

Sin palabras, señoras y señores. Miren a Mortadelo en el velódromo.

EXPERIMENTO EXPLOSIVO

El profesor Bacterio provoca una tremebunda explosión

El científico al parecer deseaba aumentar la capacidad de salto de los atletas de la T.I.A. ¡Y desde luego que lo consiguió!

NOTICIAS DE ÚLTIMA HORA

Bueno, la verdad es que esta útima hora un servidor ha estado durmiendo la siesta y no se ha enterado de nada. ¡Volveremos a intentarlo dentro de 60 minutos!

LOS ATLETAS DE LA T.I.A., PREPARADOS

Están dispuestos a ser los mejores en varias competiciones.
Bueno, la verdad es que Mortadelo es un pelín tramposo.
Cuando asegura que él puede convertirse en un número uno..., ¡lo tiene bastante fácil!

HINCHA POCO EJEMPLAR

¡Hombre! Una cosa es animar para que tu equipo gane y otra es actuar para que el contrario pierda.

Vean lo que perpetró Mortadelo para impedir que el rival de nuestro equipo de baloncesto lograse una canasta.

DESPIPORRE EN UN COMBATE DE BOXEO

Existen diversas categorías en función del tamaño de cada boxeador: peso mosca, pluma, ligero, pesado, etc.
La categoría de Mortadelo debería ser una de las primeras, dada su complexión esmirriada, pero el muy borrico se apuntó donde no debía y miren qué contrincante le tocó.

NOTICIAS BREVES

Según la F.I.F.A., los mejores forofos del mundo son los japoneses.
Ellos animan y animan, pues por algo son unos expertos en "anime".

NOTICIAS MUY BREVES

La capital de Polonia está siendo visi

NOTICIAS BREVÍSIMAS

El

DESASTRE EN EL GIMNASIO

Varios espectadores están a punto de morir de risa en la prueba de halterofilia

Cuando Mortadelo apareció para levantar un peso de más de 34 kilos, el público del pabellón contempló atónito el esfuerzo del atleta para acabar levantando... solo la barra.
Desprendimiento de sobaco, esguince de cogote y sobrecarga de ombligo son solo algunas de las gravísimas lesiones que padeció tras el intento.

El profesor Bacterio ha ideado para él unas pesas de espuma con el fin de que le sea más cómodo de practicar este deporte.

MALTRATO ANIMAL

Ya se sabe que la T.I.A. anda mal de presupuesto, pero si se tiene un caballo, ha de vivir en una cuadra decente, que se adapte a su tamaño.
Está claro que este pobre animal, con el que los agentes practicaban hípica, vivía en una cuadra demasiado pequeña.

PRESENCIA INOPORTUNA

Cuando los agentes merodean por el estadio suelen provocar sucesos que entorpecen el desarrollo de las pruebas atléticas.
Si Filemón se mosquea con Mortadelo y desea castigarle, no debería colgarle, como en este caso, del listón de la prueba de salto con pértiga.
Por cierto... ¿cómo leches logra sobrevivir alguien con un palo metido en su cráneo?

MORTADELO Y SU AFICIÓN POR LA NATACIÓN

La dirección del hostal donde se hospeda Mortadelo en la ciudad de París ha denunciado al agente. Al parecer, le daba por practicar el salto de trampolín en su habitación y ha provocado graves destrozos en el suelo debido a los porrazos, además de enormes goteras en el edificio.

INSTALADOS DOS PEBETEROS EN LA T.I.A.

Visto el comportamiento de sus agentes durante los JJ. OO. de París, el Súper ha decidido instalar un pebetero doble a la espera de que Mortadelo y Filemón regresen de Francia.
Sin duda se tratará de un "caluroso recibimiento".

F* Ibáñez